나는 왜 이렇게 웃긴가

이반지하 지음

이야기장수

PART 1_ 이반지하의 시간은 거꾸로 간다

PART 3 _ 이반지하의 바깥세상

프롤로그

생계와 경계를 넘나드는
위험한 농담으로 태어나,
경직된 손절의 공기를
폐 끝까지 들이마시고,
사방에서 꽂혀들어오는 경멸의 칼날에
기꺼이 가슴팍을 열어주며
보리보리쌀

그렇게 오늘에 이르렀다.

내일은커녕 0.1초 뒤도 없는 듯
지독하게 깐죽대온 시간이
역사가 되어
천진하고도 엄숙히
오늘에게 묻는다.

나는 왜 이렇게 웃긴가.

그대들이 묻고 감탄하길래
나도 한번 읊조려본다.

나는

왜

이렇게

웃긴가.

그대,
오늘도 속절없이 터져버린 웃음을 달고
중심을 잃고 흔들리는 육체를 가누지 못한 채
감히 여기서 비결을 알고자 하는가.

그대,
만인을 제치고 그대를 웃게 한 나를
그저 경이로운 자연이라
칭하지 않을 수 있겠는가.

그러나 마음껏 물을지어다.
그러나 경탄할지어다.
그러나 분석하고 탐구할지어다.

그러나 그대,
이반지하가 되겠는가.

그러나 그대,
이반지하처럼 말하겠는가.

이반지하처럼 살겠는가.

아
아
니,

그래서 이렇게 나는 웃긴 것이다.

I
BAN
JIHA

이반지하의
시간은 거꾸로 간다

PART 1

쨉쨉 유토피아

넌 운동할 때

제일 예뻐!

　　지하 체육관으로 내려가는 계단 입구, 어마어마한 크기의 네온사인으로 빛나는 두 줄의 글귀를 보자마자 제대로 찾아왔다는 생각이 들었다. 그래, 이것이 현재의 내가 그토록 원하는 것이었다. 게다가 요만큼의 페미니즘도 껴들 틈 없이 막아주는 부적 같은 마법의 말, '몸짱'과 '다이어트'마저 체육관 이름 옆에 단단히 박혀 있었다. 완벽했다.

운동할 때만은 그저 운동하는 사람이고 싶었을 뿐이다. 물론 그래봤자 보통 사람은 못 되고 여자가 되는데, 어쨌든 운동할 때만은 이반지하가 아닌 익명 대중의 육체이고 싶었다 이 말이다.

어쩌다보니 퀴어와 페미들이 유난히 적극적으로 육체 운동을 하는 동네에 살고 있었고, 그 덕에 웬만한 곳에서는 이반지하가 아닌 채 육신을 놀리기가 수월치 않은 현실이었다. 최대한 저렴하게 땀을 흘리게 해주면서 야물딱지게 운동 구미를 당겨주고, 동시에 그저 대중일 수 있는 곳을 찾아내야만 했다.

몇 달을 답답한 신체로 검색과 고민만 이래저래 반복하다가 에라, 본격적으로 주변 운동 시설들을 직접 탐방해보기로 했다. 이토록 정신만이 혼자 세상을 감당하게 둘 수는 없었다. 반드시 육체를 적당히 혹사해줄 필요가 있었다. 그렇게 함께 세상에 맞서지 않고서는 도저히 이 삶을 지속할 수 없을 것 같았다.

집 근처 (깍) 게이 스피닝과 (욱) 부치 웨이트 학원을 차례로 체험하고 나자, 절대로 이 방향으로 가서는 안 된다는 강한 확신이 들었다. 지금 나에게 필요한 것은 좀더 기존 사회의 전형과 틀을 답습한, 너무 열려 있거나 전복적이지 않은 에너지였다. 대안적이지 않은 시간이 목말랐다. 그러니까 조금만, 정말 조금만 더 정상적인 분위기의 꽉 막힌 운동 사회가 필요했던 것이다.

　　오랜 시행착오와 실험을 거쳐 마침내 나는 퀴어도 페미니즘도 거의 완벽히 방역됐음직한 곳을 찾아낼 수 있었다. 다소 진상에 가까운 간보기와 사전답사, 집요한 온라인 후기 검수를 통해 다다른 소중한 종착지였다. 관장의 호기심을 자극해 깊은 대화가 시작되지 않도록 주의하면서 무사히 3개월 선결제를 마치고 수업 시작 날만을 기다렸다.

　　고대하던 수업이 시작되자 천장 구석에 매달린 대형 스피커에서 귀에 익은 달달한 멜로디가 흘러나왔다. 대중적인 리듬과 드라마틱한 전개, 그리고 적당한 신파까지 시대를 완벽히 풍미했던 바로 그 인기가요였다. 성범죄로 감옥에 간 멤버로 인해 웬만큼 올바른 체육관에서는 절대 플레이되지 못할, 그러나 여전히 부정할 수 없이 중독적이며 절로 엉덩이가 흔들리는 악마 같은 멜로디를 따라, 글러브를 낀 양손을 야무지게 두 뺨에 올린 채 원투 원투 스텝을 밟아낸다. 이 그룹의 음악을 다시 이렇게 큰 스피커로 향유할 수 있을 거라고는 생각하지 못했다. 그렇다. 이게 바로 익숙한 정상 사회의 맛, 통렬한 고향의 맛.

　　"여자 회원님들은 이쪽으로 오세요."

나는 아무렇지 않은 척 인도된 곳으로 가, 정확한 좌표로 위치한다. 지금 나에게 여자 회원 같은 것이 못 되어줄 이유, 어디 있겠는가. 나는 마침내 대중인 것을, 어떤 수식어도 이름도 달려 있지 않은 일개 회원님인 것을.

복싱을 시작하자, 길지 않은 한세월을 살아오는 동안 얼마나 많은 이들을 쥐어패고 싶었는지 깨달았다. 그냥 다 대놓고 쥐어팰 수만 있었다면 모든 것은 차라리 깨끗하고 선명했을는지 모른다. 그간의 삶에서 채워지지 못했던 욕망 하나가 위험한 고개를 들려 하고 있었다. 관장과 코치가 미트를 끼고 주먹을 받아줄 때마다 그 욕망은 점점 더 커져만 갔다. 더, 더, 더, 때리고 싶다, 또, 또, 또, 때리고 싶다. 그저 세상의 대부분을 다 쥐어패버리고 싶다.

관장은 나에게 처음 오셨는데도 참 잘한다며 길에서 많이 싸워보고 오셨나봐요, 농을 쳤다. 마스크 밖으로 드러난 두 눈을 동시에 적당히 반달 모양으로 감아주며 아무렴, 이라고 생각했다. 다만 쥐어패지 못했을 뿐이다, 다만 아무도 쥐어패주지 못했을 뿐이다.

때리는 맛에 취하기 시작하면서 복서들의 유튜브 채널을 하나둘 구독하기 시작했다. 어떻게 하면 오래 맛깔나게 팰 수 있을까를 지속적으로 고민하며 빠르고 세게 때리는 방법들을 눈으로 익히던 어느 날, 한 채널이 눈에 띄었다. 왕년의 복싱 챔피언이었다는 남자는, 복싱에서 '완투' 기본 펀치가 얼마나 중요한지를 다수의 실전을 거친 자 특유의 거친 말솜씨로 설득력 있게 전하고 있었다. 그가 나오는 영상들을 몇 시간 동안 털어 보고 체육관을 여기로 옮겨야 하나 심각한 고민을 시작했을 무렵, 먼지라기엔 다소 큰 먹구름에 가까운 그의 흔적들이 눈에 들어오기 시작했다.

영상 속 그는 주먹을 날릴 때 팔만 뻗지 말고 허리와 엉덩이를 동시에 비틀어 온몸의 힘과 무게를 주먹에 실어줘야 상대에게 강한 타격을 줄 수 있다고 말하곤 했다. 그렇게 오랜 세월 자신만의 무기를 정성 들여 세공해왔던 그는 그 소중한 주먹을 고작 자기 아내의 얼굴을 때리는 데 사용했다. 코뼈가 산산이 부서진 아내는 이후 평생을 비염과 코골이에 시달리고 있다는 얘기가 한 TV 프로그램의 캡처 이미지와 함께 인터넷 게시판에 올라와 있었다.

노트북을 잠시 덮었다.
그렇게 퀴어와 페미니즘을 거세하고자 했던 나의 마음에 대해 잠시만 명상.

다시 노트북을 열어

구독을 취소.

그러나 아무 일도 없었던 척, 디지털 복싱의 바다에 다시 한 번 뛰어든다. 다시는 운동선수를 깊게 검색하지 말자 다짐한다.

모양만 보자, 모양만.

자꾸만 심연의 페미니즘이 여성 복서를 검색하게 한다.

핵심만 보자, 핵심만.

어쨌든 지금 그냥 막 잘 때리는 방법만을 배우고저 한다. 그 너머에는 정말 아무것도 없다고 간주해내고저 한다.

그러다 결국 깊은 깨달음에 다다른다.

나,

복서 될 수 없다.

나,

조금도 맞고 싶지 않다.

나,

오로지 패고만 싶다.

그저 때리고 또 때리고,
그러고도 또 때리고만 싶다.

모두를 쥐어팰 수만 있다면,
한 대도 맞지 않고 그런 것이 허락되는 지금이 오늘 내게 와
준다면.

그렇게 오늘도 나는 나만의 쨉쨉 유토피아를 꿈꾼다.

시청 로비의 추억

때는 바야흐로 2014년 12월이었다. 해 뜨기 전 알바를 마치고 집에 갔다가, 해가 진 후 무대 소품들을 챙겨 다시 집을 나섰다. 당연히 내 몸과 마음의 80퍼센트는 이미 새벽 생계에 소모된 후였고, 남겨진 20퍼센트로는 밥 먹고 화장실 정도를 들락날락해야 마땅했으나, 내게는 전생의 업보와 같은 공연이 잡혀 있었다.

퀴어활동가들이 서울시청 로비에서 며칠째 점거 농성을 벌이고 있었다. 서울시민 인권헌장 공청회에서 혐오세력 애들이 활동가들에게 폭력을 행사했고, 진보적인 서울시장은 때맞춰 자기도 동성애 싫다고 하는 등 시대적 어둠의 장막이 짙게 드리우던

시기였다. 이제는 어느덧 익숙해져버린, 매일 아침 신선하게 가슴을 후벼파는 혐오 소식이 가득한 하루하루였다. 성소수자들과 주변 끄나풀들은 너 나 할 것 없이 뭔가를 해야 한다는 생각, 시청으로 가서 몸을 바치거나 먼저 가 있는 몸들에게 돈이라도 보내야 한다는 생각에 안절부절못하고 있었다.

나는 나대로 스멀스멀 조여오는 공연 압박을 느끼고 있었다. 어떻게든 공연 요청을 받지 않거나 은근히 에두를 수 있는 방법이 있지 않을까 머리를 굴렸다. 지난한 세월의 경험으로 농성장 공연이 얼마나 징한 것인지 나는 보지 않아도 볼 수 있었다. 또한 공연 전날과 당일, 또 다음날까지도 삶이 이어진다는 것이 문제였다. 새벽노동은 사정을 봐주지 않고 정확한 시간에 여지없이 들이닥칠 것이었고, 기습적으로 들이닥친 부모에게 새로 두들겨맞은 자리는 여전히 욱신거렸다.

하지만 결국 이 세상에 이반지하는 오직 나 한 사람이었기에, 성소수적 압박을 이기기는 불가능한 것으로 밝혀졌다. 나는 공연할 곡들을 귀에 꽂고, 시청 영업 끝났는데 왜 가냐고 자꾸 묻는 택시 기사에 대한 짜증을 잠재워가며 마침내 서울시청으로 향하고야 말았다.

시청에 도착해서 보니, 역시나 로비의 유리문을 등지고 공간을 비워 만든 곳이 무대라고 불리고 있었다. 빠지면 섭섭할 혐오 친구들 대여섯도 한 뼘 정도 옆에 모여앉아 마이크와 앰프로 찬송가를 뽑고 있었다. 나의 분장실은 당연히 시청 1층 화장실이었다. 변기 위에 앉아 탈의를 하고 분장을 하고 있자니 하얀 한숨이 팍 났다.

화장실이고 무대고 어디 하나 그늘지지 않도록 빼곡히 천장을 수놓은 형광등은 어두운 성소수들의 얼굴에 더욱더 강한 음영을 드리워주고 있었다. 각종 운동권 애들이 발언을 이어가는 동안 나는 구석 테이블 뒤에 몸을 숨긴 채 뼈를 관통하는 추위를 온 세포로 느끼며 으드드드했다. 단 한 번을 멈추지 않던 찬송가는 당연히 내 공연중에도 쉴새없이 이어졌다.

나의 공연은 언제나 그렇듯 큰 환호 속에 마무리되었고, 그렇게 공연을 마치고 나니 나도 덩달아 성소수 뽕이 차 기분이 얼큰히 좋아졌다. 정말 이런 기분이라면 차별금지법까지도 머지않았다는 생각이 들었다. 아니 이렇게 무려 이반지하까지 나와서 서울시청 로비에서 공연도 했는데, 아, 설마!

그렇게 수천 년이 흘러 2023년에 이르렀다. 당시 서울시장은 모두가 알다시피 성으로 폭력해서 그렇게 됐고, 그때 그 시청의 성소수들은 매년 같은 말을 외치며 고대로 나이만 먹었다고 한다.

나는 가끔 서울시청 로비에서 했던 나의 공연에 대해 생각한다. 그것은 정말 훌륭한 공연이었고 힘든 결단이었다. 그리고 2023년까지 차별금지법 가지고 이럴 줄 알았으면 그때 그 공연 까짓것 그냥 안 한다고 안 한다고 끝까지 비벼볼 수도 있었다는 생각을 한다. 투쟁할 땐 버티다가 딱 제정된 다음에 축하 공연을 하는 정도가, 없는 누이랑 매부도 반길 진짜 현명한 예술가적 결단이지 않았을까.

근데 요즘 돌아가는 거 보니까 한 2050년쯤에 '차별금지 하알까 마알까 법' 정도 나올 수 있을 것 같다.

●○

이반지하의 시간은 거꾸로 간다

작가의 대표작은 작가를 대중에게 각인시키지만, 동시에 그이상은 몰라도 괜찮을 것 같은 달콤한 안심을 준다. 작가나 작품의 맛을 직접 느끼기보다 전문가 형님들의 맛 노트를 외우도록 한 살뜰한 공교육도 이 얕은 안정감을 유구히 뒷받침해오셨고 말이다.

마침내 그림까지 그릴 수 없게 되자, 나는 카페에만 갔다. 일도 창작도 할 수 없는 상태에 있는 스스로를 견디는 건 정말 힘든 일이었다. 일주일에 한 번 상담을 받으러 가는 일정을 제외하고는, 1년 365일 문을 여는 작은 동네 북카페에서 하루의 대부분을 보냈다. 카페에 간다고 대단히 뾰족한 수가 생기는 것은 아니었지만, 집 창문에서는 보이지 않는 하늘을 통창으로 보고 남이 사놓은 책을 하나둘 읽으면서, 끊임없이 나 자신에 대해 생각하는 일을 조금 덜 할 수 있었다.

그날도 커피를 한 잔 시키고 작은 소파에 몸을 욱여넣은 채로 한참 하늘을 봤다. 커피를 몇 모금 마신 뒤에는, 언제나처럼 작은 서가의 책들을 찬찬히 훑어보았다. 박완서, 무라카미 하루키, 폴 오스터 등등을 지나 어느 이름에 이르렀다. 들어본 이름이었는데 어딘가 생경했다. 책을 뽑아 책날개를 펼치자, '아아, 개츠비였네'.

정확히 말하면 그 책은 『위대한 개츠비』를 쓴 F. 스콧 피츠제럴드의 단편소설집이었다. 하지만 내 머릿속 F. 스콧 피츠제럴드는 개츠비였고, 개츠비가 개츠비 말고 다른 글을 썼을 거라는 생각은 솔직히 그때까지 하지 못했다. 개츠비에게서 개츠비 이상을 보려 하지는 않았다는 말이다.

목차를 살펴보다가, 익숙한 제목 하나를 발견했다.

'벤자민 버튼의 시간은 거꾸로 간다'

그래, 브래드 피트가 주연을 했던 영화의 원작이 이거였다. 대충 주인공의 시간만 거꾸로 가는 신박한 얘기라는 것만 얼핏 들은 적이 있는 것 같았다. 가볍게 글을 읽기 시작했다. 그리고 몇 문장도 채 지나지 않아 나는 글자들 속으로 완전히 빨려들어갔다. 순식간에 주변의 불이 모두 꺼지고, 나와 이야기만 빛 속에 남았다.

벤자민 버튼은 노인으로 태어난다. 부모를 비롯한 주변 사람들은 갓 태어난 그가 아기이길, 또 아기의 행동과 역할을 해주길 기대하지만, 그는 근본적으로 그런 존재가 아니어서, 그렇게 태어나질 않아서 그토록 주변을 실망시킨다. 친구와 배우자, 자식들은 죽음에 가까워질수록 젊고 어려지는 그를 어떻게 대해야 할지 알 수 없다. 모두가 갓난아기에서 노인이 될 때, 혼자 노인에서 갓난아기로 향해 가는 삶을 살아낸다는 것, 모두가 공유하는 '시간'이라는 관념 속에 '방향'을 맞춰낼 수 없는 그가 평생 느꼈을 감정은 어떤 것이었을까.

그런 그가 주변에 어떤 위화감도 조성하지 않고 녹아들어, 세상이 기대하는 모습과 태도에 맞게 가장 '적절하고 평범하게' 존재할 수 있었을 시간은 아마도 일생에서 딱 한 토막 정도. 양끝에서 반대 방향으로 흘러가는 두 개의 다른 시간이 잠시 교차하는 중간 지점, 세상 모두와 그가 잠깐 스치는 그 짧은 시간, 일생의 딱 한 번. 그때를 제외한 그의 삶은 언제나 사람들의 중심으로 가 닿지 못한 채 주변을 맴돈다.

　나는 그럼에도 그가, 설명할 수 없는 이유로 시작부터 벌어져 있는 타인들과의 틈을 넘어, 그들과 닿고 연결되고 싶은 마음을 평생 멈출 수 없었을 거라고 생각했다. 누군가는 그의 존재 자체가 사회가 공유하는 시간의 단일한 방향성을 위협하고, 세상의 이치에 대한 모욕이라고까지 여겼을지라도 말이다.

　그래서 그의 마음은 계속 그렇게 실패했을 것이고, 사람들을 실망시키고 분노케 했을 것이다. 응당 그래야 할 방향으로 흘러가지 않는 벤자민 버튼의 삶은 응원받을 수 없다. 응원받지 못한다. 삶의 많은 순간들은 존재적으로 불온하며 위태롭다. 어린 시절에는 와그랑거리는 노인의 몸으로 또래들의 팽이놀이와 구슬치기를 즐겨야 했고, 마침내 중년이 된 부인과 성인이 된 아들을 눈앞에 두고는 매일 더 어려지는 샐쭉한 사춘기 소년이 되어 갖은 원망을 듣는다.

　세상은 예술을 응원할 리가 없었다. 성과를 가져와 누리고 싶을지는 몰라도 예술의, 예술가의 시간을 응원하지는 않는다. 그것은 완전히 다른 시간관념으로 돌아가는 세계를 인정해야 하는 일이기 때문이다. 끊임없이 머리, 몸, 감정을 정해진 방향으로 움직이면서 시간 대비 성과를 쭉쭉 뽑아내야 직성이 풀리는 이 사회의 노동과 시간의 개념은 예술의 그것과는 좀 다른 결을 갖고 있는 것 같다. 그 셈 안으로 예술이 기꺼이 욱여들어가지 않는다.

세련되고 멋진 세상이 요구하는 적절한 방향으로 몸과 머리를 써 그 대단한 돈을 벌고 집에 돌아온 날이면, 나는 바로 작업에 뛰어들지 못하고 숨을 돌리고 싶어하는 나를 원망했다. 세상 사장님들이 요구하는 효율만큼 창작을 해낼 수 있다면, 나는 그렇게 돈도 예술도 놓치지 않은 채, 나 자신을 충분히 좋아할 수 있을 것 같았다. 하지만 그러지 못했다.

나는 일생에서 몇 번 정도 세상과 닿아 있을 수 있을까 생각한다. 횟수가 아니라 면적이라면 어느만큼일까 생각도 해본다. 다른 삶들을 끊임없이 마주치고 있을지는 몰라도 내가, 나의 예술이 그들과 정말로 만나고 있나 생각해본다. 접촉면은 사실 기대보다 넓지 않을 수도, 양쪽 다 눈치채지 못할 정도로 아주아주 잠깐일 수도 있다.

나는 내가 삶의 시간 대부분을, 연결되지 못한 채 열렬히 닿고 싶어하는 그 애매하고 서투른, 벤자민 버튼식의 부적절한 상태로 보내게 될 것이라고 생각했다. 내가 택하려는, 혹은 오래전부터 주어져버린 삶이라는 직업은 그런 모양일 수도 있겠다 싶었다. 하

〈뭐랄까〉

나는 일생에서 몇 번 정도 세상과 닿아 있을 수 있을까 생각한다.
횟수가 아니라 면적이라면 어느만큼일까 생각도 해본다.
나는 내가 삶의 시간 대부분을,
연결되지 못한 채 열렬히 닿고 싶어하는 그 애매하고 서투른,
벤자민 버튼식의 부적절한 상태로 보내게 될 것이라고 생각했다.

지만 그것은 스물몇 살에게는 참으로 아득한 생각이었다. 아주 슬프고 답답하고 아득한 생각.

처음 카페에서 벤자민 버튼의 이야기를 읽은 지 10여 년이 지났다. 카페는 사라졌고, 나는 아직 예술가로 살아 있다. 시간은 여전히 부딪친다.

● ○

정상 서포터

정기적으로 편의점 알바를 하던 시절, 내가 사실은 예술가라는 얘기를, 실패하고 있는 자 특유의 쭈뼛거림으로 말하자, 사장님은

"걱정 마. 나중에 할 거 없으면 편의점 하면 돼. 다 빚으로 지어주더라!"

라고 했다.

어디까지가 사실인지는 몰라도, 그 말에는 적어도 "나중에 어쩌려고 그러냐" "예술은 돈 안 되는 거 알지?" 같은 말에는 없는, 보기 드문 살뜰한 지지와 진심 같은 게 있었다. 그 말을 들은

후부터는 정말 답 없는 예술을 하다가도, 순식간에 시건방을 떨며 근거 없이 되될 수 있는 "아씨, 나중에 편의점~"이라는 말 하나가 나에게 생겼다.

따지고 보면 그렇게 오랜만에 나온 것은 아닌 편의점은 기대 만큼 그대로였다. 오늘 같은 날이면 편의점 사장님은 내가 꼭 대타를 뛰어주길 원했다. 누군가의 사정으로 인력이 필요할 때마다 나는 반드시 그 연락망 속 제일 윗줄에 있는 듯했다.

"김작가/추석에 뭐하나?/이제 안 바쁘지?"

고명 같은 말이 앞뒤로 얹어진 문자가, 사장님에게 오곤 했다. 매달 바뀌는 행사에 따라 1+1, 2+1 행사 카드를 새로 끼워야 하는 매월 말일과 첫날에 대타가 걸리는 날엔 속으로 조곤조곤 욕도 했지만, '전반적으로 예상 가능한 일'이 주는 안정감은 생각보다 컸다. 그 귀하고 대단하시다는 평생직장 같은 것은 아닐지라도 말이다.

사장님이나 다른 알바분들의 대타가 필요한 때는 주로 오늘 같은 명절이나 휴가철이었다. 모두가 아는 크고 작은 명절이 돌아올 때마다 나는 꽤 핫한 인력이 되었다. 만약 우리 모두가 정상이었다면, 모두의 가족이 때맞춰 정상적으로 지탱되는 일은 불가능했을 것이다. 365일 24시간 편의점이 닫히지 않게 유지하면서, 각 정상 가정의 존폐를 주관하는, 되게 보이지 않는 손이 바로 여기 이 비정상이셨다 이 말이다.

　정상 가정들은 비정상 가장의 서포트 없이는 가족 행사 하나 말끔히 치러낼 줄 모르는 족속들이었다. 올해도 추석이 다가오자 정상들은 비정상의 스케줄부터 먼저 체크하려 들었다. 나는 약간 영문을 모르겠다는 얼굴로 어깨를 으쓱해본다. 왜 이렇게 일과 가정을 양립 못 하고 이러실까.

죽고 싶다는 반가움

죽고 싶다는 생각이 들면 조금 반갑다.

산뜻하고 따뜻한 봄 같은 반가움은 아니다. 분명 멀리멀리 떠나왔지만 여전히 같은 맛을 내는 프랜차이즈 햄버거와의 재회 같은 반가움이다. 맛있다, 맛없다 등의 감상 영역은 지난 지 오래인 채 그냥 그 맛. 그냥 바로 그 맛. 몸속 어디에 묵혀둔 잊지 않고 있던 감각이 자극된 반가움. 그것이 바로 죽고 싶다는 생각이다.

죽고 싶다는 생각이 들면 만사가 힘들어진다.

세상은 죽고 싶은 사람을 위해 돌아가지 않기 때문이다. 그래서 죽고 싶다는 생각은 곧 참는 생각이 된다. 오줌을 싸갈기듯 저질러버리고 싶지만 꾹 참는 생각이 된다. 온통 살아 있는 것에 둘러싸여 매 순간 얼른 화제를 돌려보려는 의지가 된다. 한편, 그런데, 그건 그렇고, 그나저나, 그런 말들을 자연스럽게 구사할 줄 알아야 한다. 어디선가 배운 대로 죽고 싶다는 말을 애써 다르게 표현도 해본다. 지쳤다, 때려치우고 싶다, 배고프다, 피곤하다, 아니 사실은 쟤가 죽어야지 등등. 이렇게 죽고 싶다를 변주할 수 있으면 어물쩍 살아진다. 다룰 수 있게 된 듯 느껴진다.

살아 있는 상태를 잊어야 자연스럽게 살아진다.

죽고 싶어지면 살아 있는 상태를 의식하게 되기 때문에 그때부터 삶이 어색해진다. 문득 내가 살고 있었다는 걸 깨닫게 되는 것이다. 아, 지금 내가 '살음'이구나, 이게 아니면 죽음이겠구나. 그렇게 그 어떤 것보다도 '살아 있다'는 개념에 사로잡히고, 그것을 홱 패대기치고 싶어진다. 그것이 죽고 싶다는 생각이다.

죽고 싶다는 생각은 조금 싸구려이다.

순도 백 프로의 다이아처럼 오롯이 한 가지로 빼곡하다기보다 아주 많은, 낮은 픽셀의 불순물들이 죽고 싶다는 생각 옆에 덕지덕지 붙어 있다. 구질구질한 바람들이 너덜너덜 붙어 있다. 꾀죄죄한 고온의 수치심도 끼여 있다.

　맛의 속성이나 결과와 무관하게 그때 그 햄버거를 먹고 싶을 때가 있다. 알고 보니 그 맛은 정말 많은 가맹점을 가지고 있어서 삶의 골목 여기저기에 지어져 있었다. 아, 이게 여기도 있었구나 하며 무심코 들어가 사 먹고는, 그래 내가 알던 그 맛이네, 한다. 그 맛을 음미하면, 그 맛은 있다고 해야 할지 편안하다고 해야 할지 그리웠다고 해야 할지 모르게 된다. 가끔 다른 이에게도 그 햄버거 얘길 하고 그도 그걸 먹어봤다 하지만, 우리가 정말 같은 햄버거 얘기를 하고 있는지는 아무도 모른다.

●○

콜라

커피를 주문하고 계산을 하려는데 핸드폰이 보이질 않았다.
핸드폰 정도는 지금 당장 없어도 된다 싶었다. 현금을 찾아 지갑을
열었지만 지폐칸은 텅 비어 있었다. 당황한 나는 죄송합니다, 제가
돈을 안 가지고 와서, 라는 말을 하고 민망한 고개를 숙인 채 카페
를 나왔다. 분명 어제 저녁 코인빨래방에서 이불 빨래를 마친 후
지갑에는 오랜 부스러기 같은 이백 원과 오십 원, 그리고 어디선가
뽑아둔 빳빳한 오만 원권 한 장이 남아 있었다. 어디서 빠뜨렸나
생각하며 걷다가 집에 다 와서야 너무 선명해서 잊어버린 어젯밤
이 떠올랐다.

그 오만 원권은 선뜻 꺼내지지가 않았다. 집주인의 월세 독
촉이 떠올랐다. 바로 이 치사스런 이유 때문에 빈소까지 갈 사이는
아니지 않나 생각하려고도 했다. 그러고 있는 동안 하루가 어둑
해지고 해가 졌다. 다녀와야 했다. 장례식장 근처에서 오만 원권을
만 원짜리로 바꾸고 삼만 원만 내자고 생각했다. 집에서 가장 먼
서울을 향해 아직 어설픈 운전 솜씨를 발휘했다.

시멘트. 콘크리트. 그런 것을 느끼며 주차장을 나와 벽에 달
린 화면에서 콜라의 어색한 본명을 찾았다.

절 두 번. 절 한 번. 목인사.
어떤 사이셨어요.
친구요, 그냥 친구요. 잠깐만 앉았다 가도 될까요.

나는 영정을 정면으로 보고 있는 의자에 앉아 한때 입체였던
납작해진 얼굴을 봤다.
아는 사람.
맞구나. 내가 아는 사람.
다음 조문객이 와서 절 두 번을 시작하자 나는 뭔가를 참을

수 없어졌다. 쫓기듯 일어나 신발을 다시 신었을 때에야 방명록과 부조함을 발견했다. 빠르게 지갑을 열어 잡히는 것을 꺼내 봉투에 밀어넣었다. 쉭쉭 소리가 나는 검정 사인펜으로 이름 같은 것을 쓰고, 깊은 구멍에 봉투를 밀어넣었다.

앞뒤 창문 네 개를 몽땅 끝까지 열고, 바로 차를 움직였다. 막히지 않는 도로를 싸워내듯 한참 달려 집으로 돌아왔다. 시동을 끄고 한참을 그대로 앉아 있었다. 카페라도 들렀다 올걸 그랬다. 누가 사정을 캐물을 것도 아닌데, 이대로 집에 훅 들어가기가 망설여진다.

살아 있었다 한들 친하지 않았을 것이다. 전화가 왔다 한들 안 받았을 확률이 높다. 지난 몇 년간 콜라 생각을 한 적은 단 한 번도 없었다. 그리워하거나 추억한 적도 없다. 그것은 그것대로 '없는' 상태였는데도 이제는 다르다. 영정 사진을 똑바로 마주하기 전까지 긴가민가하는 척을 했던 것은, 한 번도 콜라의 본명을 들어본 적이 없었기 때문인지도 모른다. 죽음 앞에 콜라 같은 닉네임을 써줄 리는 없으니까. 가짜 같은 본명보다는 낯선 복장을 한 납작한 얼굴이라도 봐야 이게 누구의 죽음인지 비로소 이해할 수 있을 것 같았다. 몰랐던 것은 아니었지만, 부고를 보자마자 바로 콜라란 걸 알았지만, 그래도 죽음을 믿으려면 어떤 설득과 증거가 필요했다.

운전을 할 수 있게 되어 멀리멀리 여기저기를 다닐 수 있게 되었지만, 그중에 빈소가 있을 거란 생각은 못 했다. 이제 나는 기동력 있게 여행도 빈소도 갈 수 있는 사람이 되었다.

이 죽음에 유독 마음이 흔들리는 것을 느낀다. 이것은 누구의 죽음인가. 나는 콜라에게 붙는 각종 사회적 이름들을 떠올려보다가, 갑자기 추워진 날씨와 해가 나지 않았던 며칠을 생각하며, 이것은 그냥 아주 평범한 죽음이었구나 생각했다.

● ○

피자

아주 평범하고 흔한 크고 작은 퀴어 죽음은 매번 적당히 모두를 뒤흔드는 진동을 일으켰다. 하지만 피자의 죽음에는 그런 진동을 넘어서는 즉각적이고 격렬한 고요가 있었다.

조금만 뻗어도 손가락 사이로 사락사락 잡히는 이른 죽음들 사이에서, 피자의 죽음은 유독 신선하고 무거웠다. 존재의 무게에 비해 상큼한 구석이 있던 그의 이름 앞에 붙은 '고인'이라는 말은 그래서 더 억지스럽게 느껴졌다.

오늘따라 유독 더 남잔지 여잔지 모르겠는 오랜 친구 하나가 지하주차장 ATM기에서 현금을 뽑고 있었다. 나도 한 삼만 원 뽑아야겠지 생각하며 지갑을 열자 기다렸다는 듯 오만 원권 한 장이 덜렁 고개를 내밀었다. 비치된 하얀 봉투, 비치된 검정 사인펜. 친구 하나, 나 하나. 친구 쓰고, 나 쓰고. 그렇게 각종 정의를 찾는 이 땅의 거의 모든 단체들의 이름과 흰 국화가 흐드러지게 피어 있는 곳으로 발걸음을 옮겼다.

'엥? 아니 여기까지?' 하는 소리가 나올 만큼 심하다 싶을 정도로 그는 모든 현장에 있었기 때문에 피자의 장례에 피자가 없다는 것은 매우 의아한 일이었다. 능숙한 헌화와 절 두 번을 마치고 비닐이 덮인 밥상이 빼곡한 방에 들어서자 쟁반을 들고 있던 친구 하나가 울음을 터뜨리며 나를 와락 안았다. 혹은 안아주었다. 이미 너무 분주한 공간에 군이 자리를 비집고 들어가 앉아 있고 싶었다. 우리의 앞 옆 뒤를 오가는 지나치게 다양한 많은 사람들을 둘러보던 친구는 '딱 피자가 있을 만한 자리'라고 말했다.

부고를 통해 처음 알게 된 피자의 나이는 쉰넷이었다. 54라는 숫자가 너무 터무니없어 허허 헛웃음이 났다. 그가 처음 퀴어 커뮤니티에 등장했던 때가 20여 년 전이었던 것을 생각하면, 우리는 얼마나 일찍부터 오랜 시간 그에게 퀴어른 노릇을 시켰는가 싶어졌다.

매해 서로의 존재를 확인하기 바쁜 퀴어들에게 어른이 귀하지 않은 적은 없었다. 우리는 툭하면 고작 5년, 10년 터울의 윗세대 혹은 그 이전 세대를 소환하며 그들에게 퀴어른 노릇을 바라거나 그냥 덜컥 맡겼다. 세상에 조금 먼저 와 살아남은 그들에게 분명 뾰족한 수가 있을 거라 믿었다. 사회와 친족이 철저히 감당을 실패한 원망과 하소연받이 역할을 떠넘겼고, 태초부터 맡겨놓은 지지를 뻔뻔히 요구하는 와중에, 그들이 조금이라도 생색을 내는 것 같으면 가차없이 재수없어하기를 잊지 않았다. 분명 누구에게나 위험하고 어려운 자리에 적어도 나보단 앞서서 방패막이가 되어주길 기대하며 그들의 옆구리를 습관처럼 찔러댔다.

물론 그 모든 것은 너무나 온당하고 그럴 법한 일이었다. 어느 커뮤니티에나 있을 법한 흔하디흔한 세대와 마음의 역동이었다. 하지만 가끔 우리는 우리 모두가 평생토록 온당한 존재가 아니란 사실을 잊는 듯했다. 아무리 나이를 먹어도 시민 대접을 해주지 않는 사회에 인간 대접을 해달라 몇 년을 외치다 뒤를 돌면, 어느새 나보다 그닥 어리지도 특출나게 귀엽지도 않은 퀴어놈들이

떼로 몰려나와 어르신 어르신 하며 인간성과 시대를 뛰어넘는 지혜와 인내를 요구한다. 마땅히 어른 대접을 받아야 할 곳에선 끊임없이 철부지 어린애 취급을 받고, 아직 그 밥에 그 나물이고 싶은 곳에선 갑자기 실제 나이의 몇 배나 되는 선조 노릇을 요구받는다. 한마디로 퀴어른이란 참으로 좆같은 일인 것이다.

하지만 그럼에도 나는 지금 건넛상에 앉아 성성한 흰머리를 얹고 꼿꼿이 소맥을 자시고 계신 주름진 분들께 자꾸만 마음을 기대는 일을 참아낼 수 없다. 그 한줌의 이들에게,
"아, 제발 쫌 죽지 말고 늙기만 하세요!!!"
라고 외치고 싶은 강한 충동을 느낀다. 오늘만은 나보다 한 살이라도 많은 이들을 모조리 찾아내 되도 않는 애교와 어리광을 권력처럼 부려대고 싶어진다. 당신들의 죽음은 영원히 이르다며, 해준 것도 없는 주제 특유의 뻔뻔한 어깃장을 놓고 싶어진다.

그리고 또다른 건넛상에서 울음소리로 성별을 가늠할 수 없는, 피자가 살려낸 이들을 본다. 피자가 있어 피자의 장례에 올 만큼 늙어낸 사람들을 본다.

〈피자의 장례〉

건넛상에서 울음소리로 성별을 가늠할 수 없는, 피자가 살려낸 이들을 본다. 피자가 있어 피자의 장례에 올 만큼 늙어낸 사람들을 본다.

촘촘히 벽에 붙어가는 검은 리본의 행렬, 그리고 거기에 적힌 정의로운 이름들을 보며 나와 같은 상에서 밥을 먹는 이들과 절대로 위대해지지 말자는 다짐을 나누고 난 후, 나는 이 모든 사람들 틈에서 언제쯤 죽어도 될지 눈치 게임을 시작해본다.

●○

씨버 드리버

양손을 오른쪽 어깨 위 공간으로 보내 더듬거렸다. 당겨져야 할 것이 분명히 있는데 손에 잡히는 것이 없었다.

"왼쪽이죠."

친절하고 사무적인 목소리를 얻어맞은 뒤통수가 뜨겁게 데워졌다. 나는 애써 아무렇지 않은 척 다시 손을 왼쪽 어깨 위로 보냈다. 그제서야 손에 잡힌 안전벨트는 아무 일도 없었다는 듯 뻔뻔히 쭉 끌려와 달칵하고 채워졌다. 조용히 숨을 크게 들이쉬고 내쉬었다. 조수석의 나른한 안일함이 벌써 그리워져서는 안 될 일이었다.

운전 강사는 매번 반 발짝 뒤에서 내 손이 오른 어깨 위 허공을 가르는 모습을 적나라하게 목격하고 있었다. 시동의 시동이라도 거는 듯, 이 짓을 3일째 반복하자 더이상 그를 향해 어색한 웃음을 지을 면목조차 남아 있지 않았다. 어떻게든 강사의 시선과 만나지 않기 위해 절대로 정면만을 응시하기로 한다. 마침내 공손해진 두 손으로 핸들을 꼭 쥐며 허리를 세우고 턱을 살짝 몸 쪽으로 당긴다.

강사의 손이 핸들 옆 작은 모니터를 몇 번 터치하자, 나를 중심으로 좌우 정면에 배치된 세 개의 모니터 화면이 쾌적한 3D 입체 풍경으로 바뀌고, 기계적으로 각진 고운 목소리가 스피커에서 흘러나왔다.

"서울 면허시험장입니다."

이렇게 또 오늘의 레이스가 시작되려 하고 있었다.

가짜 브레이크, 가짜 핸들, 가짜 도로와 가짜 액셀, 그중 나만이 진심이어야 하는 숨막히는 레이스.

전혀 세기말이 아니지만 탄생해버린 고독한 씨버 드라이버 cyber driver.

가짜들의 세상에서 끝까지 인간의 마음을 잃지 않은 드리버만이 진짜 세상을 만나 진짜 도로를 지배하게 된다는 해피엔딩.

그 안에서 나는 무엇이 되려 하나.

"감점입니다."

화면 세 개가 작정이라도 한 듯 동시에 붉은빛을 껌뻑껌뻑 쏘아댄다.

그 정도로 큰 잘못을 한 건 아닌 것 같은데, 말하자면 쪼끔 가짜 가속을 했을 뿐인데, 이 세계는 조금 아닌 것도 되게 아닌 것처럼 말하는 일에 가차없다. 매우 진심이다.

나는 벌써 고독해진다.

이것은 매우 고독한 싸움이다.

●○

운전의 가장 충격적인 부분은 '차'의 기본이 드라이브, 즉 '간다'라는 것이었다. 시동만 걸면 브레이크를 밟기 전까지 어쨌든 차는 계속 전진한다는 개념이 신선했다. 당연히 뭐든 밟거나 굴러줘야 차가 앞으로 갈 거라 믿어 의심치 않았던 나는, 반드시 돌린 만큼만 거리를 주는 진솔한 따릉이를 너무 오래 탔거나, 노동 없이는 1원도 더 기어들어오지 않는 정직한 프리랜서의 경제관념에 담뿍 찌들었거나.

차를 얻어 탈 때면 무한대에 가까운 궁휼함을 느끼며 기꺼이 자신을 낮추고 또 낮추었던 나는, 운전하신다는 그들이 적어도 한두 발 정도는 계속 구르고 있기에 차가 간다고 믿었다. 물론 그런 게 아니었다고 해서 운전 자체가 마냥 쉬운 일이었던 건 아니겠지만, 어쨌든 고런 면에서 묘한 배신감이 들었다 이 말이다. 백조가 사실 모터를 달고 태어나 가끔씩 브레이크만 밟아주며 편하게 살아왔다는 비밀을 알게 됐을 때의 심정이랄까. 고생하며 일한다 믿었던 그대, 당신이 알고 보니 지나치게 쉽게 살고 있었단 걸 알게 됐을 때, 괜히 받은 거 없이 상하는 빈정 그런 거 말이다. 물론 백조나 니네나 다들 힘이 매우 들겠지만 그러니까 내 말은……

"감점입니다."

다시 핸들을 꼭 잡는다.

화면 속 가짜 하늘은 언제나 푸르다.

• ○

나의 운전은 영포티young forites 또래 친구들 사이에서 초유의 관심사로 떠올랐다. 내 친구라는 애들은, 생전 듣도 보도 못한 정체불명의 '실내' 운전면허 학원이란 데에서 내가 과연 지들처럼 '면허'라는 걸 따낼 수 있을지 귀추를 주목하고 있었다. 혹은 이미 부정하고 있었다. 이들은 '가상현실'이나 '시뮬레이션'과 같은 진보된 기술이 탄생하기 전의 관습적이고 낡은, 못된 올드 오프라인 아날로그 인간들이었기에, 자신들이 지나온 길에 들어선 새로운 문명과 기술의 진화를 도통 신뢰하려 들지 않았다.

그들은 처음 내가 실내 운전면허 학원을 등록한 그 순간부터 학원의 시설이나 학습 내용에 대해 조목조목 중계해주길 바라면서도, '실내 운전'의 근본과 실체에 대한 의심을 쉽게 거두지 않았다. 다가오는 '면허시험'이라는 이름의 심판의 날 내가 맞게 될 불벼락을 확신하면서도, 설마 하는 마음을 저들끼리 대놓고 내 앞에서 수군거렸다. 그들은 오직 '진짜'만을 신뢰하는 듯했다. 살아 숨쉬는 '진짜' 중년 남자 강사와 자동차라는 '진짜' 밀폐공간에 갇힌 채, 기계 이상의 갖가지 '진짜' 수모를 견뎌내며 이 악물고 배운 것만이 '진짜 운전'이라는 경험적 믿음을 쉽사리 저버리려 하지 않았다. 허나,

그들은 사실 정확히 그 지점에서 흔들리고 있었다. 직전에 뭘 드셨나 친절히 알려주는 후각적 자극, 노골적으로 스며오는 구수한 모욕, 뜨끈한 신체 밀착감까지 거세된 '운전 가르쳐주는 기계'는 그들이 오랫동안 꿈꿔온 약속의 땅 같은 것이었기에, 그런 걸 다른 사람도 아니고 지들과 다를 바 없는 내가 동시대에 경험한다는 것에 대놓고 배알이 꼴리지 않을 수 없었던 것이다. 어느새 차별 세상이 끝났을까 발 동동 억울할 준비를 하는 그들을 보며 "그러게, 젊은 여자들이 뭐한다고 그렇게 일찍 면허를 땄대?" 소리가 목구멍까지 차올랐지만, 만에 하나라도 일어날지 모를 불길한 가능성을 아주 배제할 순 없었기에, 나는 연신 콧구멍으로 뜨거운 김만 뿜으며 미리미리 깐죽대고 싶은 원초적 욕망을 어렵게 찍어눌렀다.

사실 내 입장에서도 과연 이 시뮬레이션이 실전에서 통할까에 대한 의심이 전혀 없는 것은 아니었다. 나를 중심으로 둘러쳐진 모니터 세 개를 보며 가짜 핸들로 휘휘 운전이란 걸 하다보면,

내 차가 앞으로 가고 있는 건지 눈앞의 도로가 내게로 오고 있는 건지 헷갈릴 때도 제법 있었다. 무엇보다 도로선과 모니터 속 차 모서리를 맞추라는 식의 강사가 제시하는 비법 시리즈는, 한국 미대 입시를 거치며 죽도록 정물화를 그린 나에게 쉽게 입력되지 않는 정보였다. 아무리 생각해도 평면과 입체는 그렇게 쉽게 오갈 수 있는 것이 아니었다. 내가 자세를 조금만 고쳐 앉아도 평면 공식은 입체 상황에서 분명 크게 비껴간다. 고개를 조금 까딱하거나 좌석을 살짝 당기거나 높여 앉아도 상황은 완전히 달라진다. 허나.

●○

사실 내 인생에 자가용을 모는 날이나 벽이 똑바른 아파트에 사는 날은 오지 않으리라 생각했다. 그것은 정확한 현실 인식이었다. 그러므로 몰 일도 없는 차를 위해 면허를 따거나 억억대는 아파트를 괜스레 두리번거리는 일은 내게 전혀 불필요했다. 하지만 지금 그중 한 가지가 생각지도 못한 순간에 인생의 틈을 비집고 들어오려 하고 있었다.

나는 그저 운전하는 이들을 응원하고 어떻게든 그들의 비위를 맞춰내 차를 얻어 탈 생각만 하며 지난 세월을 보냈기 때문에.

멍하니 관람석에 있다가 갑자기 링에 끌려올라가 글러브가 끼워진 이 상황이 믿어지지가 않아 자꾸만 얼떨떨한 기분에 사로잡혔다. 이렇게 주도적인 좌석에서 고액의 기계 하나를 온전히 지휘하게 될 줄은 정말로 몰랐기 때문이다. 그러다보니 나도 모르게 자주 감개무량해하기 시작했고, 잦은 감개무량과 시도 때도 없이 젖어대는 감회에 하나둘 사람들이 내 곁을 떠나갈 때쯤,

"감점입니다."

맞다.
아직 나는 가상도로 위다.

오늘 아침 산뜻하게 필기시험에 합격한 나는 어깨에 한껏 힘이 들어간 상태였다. 필기시험 공부를 하며 나는 세상을 조금 더 해독할 수 있게 되었다고 생각했다. 평생 궁금했지만 절대로 찾아보지 않은 각종 도로 표지판의 의미를 하나씩 알아가는 재미가 있었다. 매일 봐온 외국어 간판이 '밀 봐'라는 뜻인 걸 마침내 알게 된 날의 기분이랄까. 나는 세상이 이렇게 많은 기호와 약속에 둘러싸여 있는 곳인 줄 정말 몰랐다. 그간 어른의 언어 하나를 완전

히 놓치고 살아온 기분이 들었다. 하지만 어차피 어른은 항상 과대평가되었으니까. 그래도 이런 나를 치고 가지 않은 고마운 이들이 있어 나는 오늘까지 살아 있을 수 있었다.

응시자가 많은 봄이라 그런지 필기시험 합격 후 기능시험을 바로 볼 수는 없었다. 하지만 실내 운전학원의 에이스인 나는 이미 가상 기능시험을 물리도록 완벽히 마스터해낸 상태였다. 가짜 기능시험에서 연신 군더더기 없는 100점을 딱딱 맞아주자, 가짜 도로주행, 즉 가상도로로의 데뷔가 자연스럽게 이루어졌다.

"가상도로에는 말야, 에누리라는 게 없어."

시대의 뒤편을 서성이고 있는 친구들을 앞에 두고 던진 한마디였다. 인간의 온정과 도덕에 기대어 차를 모는 진짜 도로 인간들은 절대 알 수 없을, 그 각지고 오차 없는 세계를 나는 이렇게 요약해냈다. 실제 도로를 꼭 빼닮아 무척이나 실감이 차고 넘치는 가상도로의 세계에는 딱 하나, 인간 냄새가 없었다.

진짜 차를 모는 진짜 도로에서는 어쨌든 저쨌든 인간의 에누리가 반드시 존재하기 마련이었다. 엄청나게 지랄맞은 운전자를 만나도 대다수 운전자들이 대놓고 강경 대응을 하진 않는 것은, 적어도 '지금 여기서 너 땜에 죽고 싶진 않다'는 공동의 암묵적 결의 때문이다. 너나 나나 매일 새롭게 태어나진 않으므로, 욕이나 하고 보내줄 수밖에 없는 필멸자의 에누리가 있을 수밖에 없는 것이다. 그래서 진짜 도로주행중 일어나는 끼어들기는 어쨌든 서로의 목숨을 위해 자리를 내줄 수밖에 없는 결론을 맞게 마련인 것이다. 그렇게 상황은 일단락되어 각자 갈 길을 가고 이런 일은 흔히 반복된다.

하지만 가상도로는 다르다. 진짜 도로 위 유약한 필멸자들이 '목숨 부지'를 위해 이 악물고 서로를 참아주고 있다면, 가상도로 속 불멸자들에게 그런 인내심은 존재하지 않는다. 아무리 가벼운 일탈이라도 순식간에 상황은 극단적으로 치닫는다. 불멸자의 세계에서 '위반'은 아무리 사사롭더라도 죽음을 불사한 행동으로 받아들여진다. 내 차가 차선을 조금이라도 밟는 순간, 옆 차선을 달리던 차는 한 치의 인간적 망설임도 없이 바로 내 차를 들이받는다. 그렇게 너무도 흔하고 손쉬운 죽음이 가상도로 위에 펼쳐진다. 물론 이 죽음은 껐다 켜면 취소된다.

하지만 그렇다고 그것이 운전자에게 어떤 내상도 남기지 않느냐 하면 그렇지 않다. 아무리 죽지 않는 '설정'으로 가상세계에 발을 디뎠어도, 나는 어쩔 수 없이 목숨 하나에 전전긍긍하는 애타는 마음을 지니고 이 땅에 온다. 차갑고 선명한 가상도로 위라고 '실격'이라는 내적 죽음으로 인해 쏟은 심장의 피마저 쿨하겠는가.

깜빡이를 아무리 켜도 알아주지 않는 운전자분, 예고 없는 앞지르기로 그래픽이 깨져라 질주하는 택시분, 예산 문제로 구현되지 않았을 승객들을 우선시하며 급정거를 즐기는 버스분을 여러 번 들이받고 또 처받혀지던 날, 나는 학원 계단을 내려오며 실존적으로 비틀거렸다. 죽었지만 죽지 않았음을 믿고 가짜 세상을 바로 잊고자 했지만, 그 충격과 내상은 진짜 세상에 돌아와도 쉽게 떨쳐지지 않았다. 계단을 다 내려오자, 다른 세상 사정까지 챙길 여력 없는 여전히 숨막히게 바쁜 얼굴을 한 진짜 도로, 진짜 죽음의 도시가 나를 맞이한다.

이렇게 필멸자로서 불멸자의 도시를 방문하는 일을 언제까지 지속할 수 있을까.

응, 돈 낸 만큼.
응, 붙을 때까지.

●○

뉴욕을 방문하는 동안 국립현대미술관 레지던시에 합격했다는 메일을 받았다. 굳이 '합격'이라는 말을 쓰는 것은 이것이 정말로 '합격'이기 때문이다. 미술관에서 요구한 형식에 싹 맞춰 포트폴리오를 만들어 보냈고, 대체 뭘 좋아하실지 몰라 이력서 위에 펼쳐진 복잡한 인생을 이리저리 편집해보다 결국 이거 뭐 달라지겠나 싶어 적당히 마무리하여 제출했다. 현대미술가로서 레지던시 같은 사업에 서류가 통과된 것은 처음이어서, 면접 같은 건 또 어떻게 진행될는지 전혀 감이 오지 않았다. 며칠 후 예정된 면접장에 들어서자 예닐곱 명 정도의 심사위원들이 ㄷ자 형 게이바 대형으로 앉아 있었고, 나는 준비해온 썰을 풀고 묻는 말에 답했다.

"차 있어야겠네."

레지던시 합격 소식을 듣자마자 친구가 지도앱을 켜며 말했다. 나는 그 말이 너무 헉 소리 나게 웃겨서, 돌았나 하는 표정으로 친구를 돌아보았는데, 그는 전례 없는 논리적 얼굴을 하고 있어 지레 표정이 풀린 것은 내 쪽이었다. 하지만 그렇다고 터무니없는 소리에 알맹이가 생기는 것은 아니어서, 나도 그냥 말없이 지도앱을 켜고 버스탭을 눌러 여봐란듯 핸드폰 화면을 그의 얼굴에 들이밀었다. 핸드폰 화면을 확인하자마자 친구는 한쪽 눈썹을 치켜올리며 '진심?'이라고 묻는 듯 나를 쳐다보았다. 나는 조금 움찔했다.

그렇다. 나도 이동시간보다 긴 배차시간을 차마 못 봤다 할 수는 없었다. 하지만, 그래도 고작 그런 이유로 차를 살 수는 없는 일이었다. 차라는 것은 뭐랄까, 더 큰 개념과 계획, 전략과 신용이 있는 사람들이나 사는 물건이었다. 아무리 내가 평생을 분수에 안 맞는 씀씀이로 잔고를 외면하는 생활관을 갖고 살아왔다지만, 집도 없는 주제에 차까지 사면 싸그리 망한다는, 유튜버들이 알려준 기본 경제상식 정도는 갖고 있었다. 아무리 그래도 모름지기 사람에게는 '형편'이라는 게 있는 거였다.

　나는 오랜 해외 생활에 잠시 한국 부동산의 얼을 잊은 듯한 친구에게 뭘 모른다는 듯이 말했다.

"야, 집도 없는데 무슨 차를 사?"
친구는 예상 질문이라는 듯 피식 웃으며 답했다
"왜, 돈 모아서 집 사시게?"

나는 중고차를 사기로 했다.

● ○

마침내 진짜 차에 올라타니 브레이크를 밟고 있는 다리가 덜

덜 떨려왔다. 가짜가 아닌 진짜 브레이크는 얼마나 세게 밟아야 차가 앞으로 안 튀어나가는지 가늠이 되지 않았다. 몸의 감각을 있는 대로 날카롭게 세워, 나는 최대한 빠르게 진짜 현실에 적응하기 위해 애썼다. 이 순간을 위해 두 세계의 경계를 그토록 힘겹게 오르내려왔다. 나는 오늘 이곳, 진짜 면허시험장에서 마침내 두 세계를 통합해낼 예정이었다.

준비가 됐냐는 시험관의 말에 "물론입니다"라고 답하려 했지만, 수험생 특유의, 말을 오래 안 했을 때 나오는 새된 "느에에" 소리가 나도 모르게 튀어나왔다. 시험 시작 안내 음성이 나오고, 바로 기기 조작 테스트가 시작되었다. 감점 없이 기기 조작을 마치고 나자 천년을 참아온 한숨이 절로 나왔다. 이제 진짜 좌우회전과 주차, 속도 조절을 해내기만 하면 된다. 나는 굳은 얼굴로 핸들을 꼭 잡고 고개를 들어 정면을 응시했다. 가짜 세상에서 눈에 익은 그곳이, 그 모양 그대로 눈앞에 가득 펼쳐져 있었다.

그래, 내가 아는 그거, 바로 딱 그대로야.

그런 말을 혼자 읊조린 순간, 시험장 곳곳의 노란 잔디가 내 시선을 붙들었다.

가상세계의 잔디는 단 한 번도 그 푸르름을 잃은 적이 없었다. 그 선명하고 쨍한 한여름의 초록은 잔디를 둘러싼 회색빛 시멘트와 대비되어 언제나 명확히 구획되어 보였고, 그렇게 가짜 코스는 한없이 완전했다. 그러나 봄기운이 채 차오르지 못한 계절의 진짜 잔디는, 더할 나위 없이 칙칙하고 탁한 노란색으로 분해, 딱 그만큼 바래고 흐릿한 시멘트 경계석들과 거의 합쳐진 듯한 모양새를 하고 있었다.

나는 퍼뜩 잔디에서 눈을 뗐다. 이대로라면 진짜 세계의 기세에 짓눌리게 된다.

도로, 도로를 보자!

하지만 진짜 세상은 이제 막 드릉드릉 본색을 드러내려 하고 있었다. 성한 데 없이 낡은 기능시험용 자동차의 전면 유리를 통해 바라본 진짜 세상은, 그제서야 새삼 흐리고 어둡게 느껴졌다. 모니터로 보았던 쨍하고 선명한 그 세상은 여기 없었다. 눈에 익은 코스와 기물들이 늘어서 있어, 여기가 정말 바로 그 면허시험장이란 것을 의심할 여지는 없었으나, 진짜 세계의 해상도는 가짜 세계의 그것보다 지독히 낮았다. 이것이 진짜의 실체였다. 진보된 가짜 세계를 들러 온 나는, 이제 이토록 모지란 진짜 세계에 뒷걸음질로 속도를 맞춰내야 한다. 참담한 꾸엑 소리를 지를 틈도 없이, 시동을 걸고 출발하라는 안내 음성이 저주처럼 귀에 꽂혀

들어왔다.

일단 차를 서둘러 움직여냈다. 최저 속도로 부유하듯 출발한 차는 첫 관문인 경사로를 향해 어렵게 굴러간다. 시작된 레이스를 멈출 수는 없다. 나는 눈을 부릅뜨고 절대 지지 않겠다는 마음으로 이 경기에, 아니 시험에 임한다. 하지만 진짜 위기는 진실로 생각지도 못한 곳에서 시작되려 하고 있었다.

차가 경사로의 시작점에 들어선 순간이었다. 시동을 건 이상 이 지점까지는 저절로 진입할 수 있지만, 앞바퀴가 오르막 초입에 걸쳐지는 순간부터는 액셀을 밟아줘야 경사로 위에 도달할 수 있다. 나는 가속페달에 오른발을 살며시 갖다대고 섬세하게 타이밍을 쟀다. 가짜 세계에서 단 한 번도 감점된 적 없는 구간이었다. 문제가 될 것은 아무것도 없었다. 골반에서부터 다리 밑으로 힘을 보내며 슬며시 발에 무게를 실으려던 바로 그 순간,

바로 그때였다.
갑자기 인생이 운전에 끼어든 것은.

● ○

경사로에 서 있지 않았던 적,
단 한 번이라도 있었던가.

수많은 차별과 억압, 한없이 이어진 궁핍과 부적절한 예술 속
에서
눈앞의 언덕은 항시 높아만 보였다.

사람들은 언제나 나에게 아니라고만 했다.
그것은 아무도 가지 않은 길이라 했다.
그곳에 갔다 돌아온 이를 본 적 없다 했다.

하지만 여기 지금,
내가 있다.
그냥 막 존재해버린다.

힘주어 액셀을 밟는다.

다시는 언덕 앞에 좌절하지 않으리,

다시는 나 혼자 아니리.

영원히 넘을 수 없을지 모른다 생각했던

정상성의 언덕,

그곳을 향해 이 몸을 운전해낸다.

나아간다.

난다.

도달해버린다!

.

.

.

.

"실격입니다."

●○

　날듯이 경사로를 넘은 차는, 경사로 미정지로 실격되었다. 쏜 살같이 달려와 차문을 열며 차에서 내리라던 시험감독관의 말에 도 한참을 움직이지 못했던 것은, 내 진짜 실력을 세상에 보여주기 도 전에 결국 언덕이, 경사로가 나의 발목을 잡았다는 사실 때문 이었다.

　삶에서 쉽게 오른 오르막 같은 것은 없었다. 그래서 나는 밟 았고, 날았으되 실격했다. 그리고 세상은 이것을 '불합격'이라 이 름 지었다. 이것은 진실로 세계관의 차이였다. 쉽게 쉽게 경사로를 넘었던, 액셀을 살짝만 밟아도 언덕을 넘을 수 있었던 인생들이, 자신들의 잣대로 만들어낸 거대한 부조리극. 사실 내 액셀을, 속 도를 감당하지 못한 건 세상 쪽 아니었나. 억울했다. 이것은 억압 급의 억울함이었다.

　실격 소식을 들은 친구들은 도로주행도 불합격이 예상된다 며 그제서야 몇 주 만에 함박웃음을 지어 보였다.

　그후 이 일은 딱 다섯 번 반복되었다.

●○

　아침 7시 30분, 허겁지겁 뛰어나왔지만 늦어버렸다. 이러면 곤란해, 라는 말을 얼굴로 하는 기사님께 90도 인사를 겸하며 서둘러 대기중인 봉고차 안으로 몸을 접어 들어갔다. 익숙한 논조의 귀한 말씀이 강처럼 흘러나오는 봉고차는 이후에도 몇 명인가를 더 태우고 나서야 고속도로로 진입한다. 결국 여기까지 오게 되었구나 생각하며 눈을 감는다.

　비슷한 봉고차 여러 대가 모여 있는 주차장에 도착하자, '경기 운전면허학원'이라고 적힌 유니폼을 입은 직원분들이 일사불란하게 원생들을 이끌고 건물 안으로 인도한다. 여전히 잠에서 완전히 깨어나지 못한 채 어리둥절 문가에 서 있자, 직원 한 분이 잽싸게 내 왼손을 잡아채 그중 엄지손가락만을 딱 골라 지문인식기에 갖다댄다. 놀랄 타이밍조차 놓쳐버린 내가 멍하니 넋 나간 눈으로 직원분을 돌아보자,

　"차근차근 하세요! 운전도 그렇게 하는 겁니다!"
라는 강 같은 일갈이 이어지는데, 멋쩍어진 나는 빛나는 감지 불빛에 한 번 더 지문을 제대로 주고 등록카드를 받는다.

　　한참을 멍하니 대기의자에 앉아 있자, 말로만 듣던 바로 그 운전강사분들이 우르르 한 방에서 몰려 나왔다. 언뜻 보아도 분명 단일한 성별과 연령대, 유니폼 위로 나온 술톤 얼굴까지 겹쳐 이들은 오직 무리로만 인식될 것만 같은데, 바로 그중 한 분이 이미 수업 시작도 전에 한껏 지쳐버린 목소리로 내 이름을 부른다. 잽싸게 일어나 그를 따라 기능시험용 차량으로 쫄래쫄래 뛰듯이 걸어간다. 몇 시간 후 있을 시험의 당락은 어쨌든 그의 손에 달려 있기에 나는 무조건 그에게 호감을 갖기로 결심한다.

　　아직은 쌀쌀맞은 기온이었지만, 그늘 없이 봄햇살을 정면으로 받고 있는 실외 기능시험장은 어딘지 모르게 푸근한 인상을 주었다. 가상 중독을 어렵게 끊어내고, 모니터 밖 현실로 나오게 된 지금, 오히려 어떤 긴장이 풀리는 느낌이 들었다. 아무도 요구하지 않았지만 나를 짓눌렀던 가상과 현실을 통합할 의무 같은 것은 이제 정말 흔적도 없이 사라진 채였다.

　　다섯 번의 기능시험 불합격은 나와 나를 둘러싼 작은 커뮤니티에 심심한 충격을 안겼다. 하지만 무엇보다 가장 큰 타격을 입은 것은 내 통장이었고, 그것만큼 사람을 초조하게 하는 것은 없었다.

　　"존나 비싼 게임 좀 했다 치고, 잊어버려."

영락없이 잔뜩 쫀 수험생이 된 나를 보며 친구는 이제라도 늦지 않았으니 '제대로' 시험장이 딸린 면허학원 속성코스를 등록하자 했다. 지난 몇 주간 나와 가상세계가 쌓아온 옹골찬 추억과 시간들이 '게임'이라는 단어 하나로 요약되는 것에, 속 깊은 곳에서부터 뜨끈한 모욕감이 올라왔다. 하지만 현실의 몰매를 맞아가면서 결국 이 세계에서 살아가야 하는 주제로서, 달리 반박할 말이 있는 것도 아니었다. 나는 분명 생생한 가상도로를 지배하고 있었지만, 그 지배는 명확히 현실의 온오프 스위치로 관리되고 있다는 것을 인정할 수밖에 없었다. 친구는 속성코스를 운영하는 학원 몇 군데에 전화를 돌려 가장 적절한 곳을 찾아주었고, 나는 못 이기는 척 등록을 마쳤다.

낡디낡은 시험용 자동차가 노곤한 햇살 사이로 달달달달 코스를 달린다. 선생이 눈을 감기 시작한 것은, 차가 전체 코스를 두 번 돌고 난 후쯤이었던 것으로 추정된다. 가상 면허시험과 순서는 다르지만 엇비슷한 코스에 나는 의외로 빨리 적응했고, 조금의 감점도 허용하지 않고 있는 중이었다. 선생은 조수석에 눕듯이 앉은 채로, 차에 무게를 더하는 것 외에 어떤 기능도 하지 않고 있었다. 첫 모의시험을 만점으로 마친 내가 흥분하여 제가 정말 잘한 게 맞느냐, 점수 계산이 잘못된 게 아니냐며 다급하게 묻자, 그는 "지금 그대로 하쎄요!"라는 한마디만 무심히 던졌다. 그가 나에게 존댓말을 해준 것이 고마워 나는 절대로 그를 실망시키지 않겠다고 결심했다.

중앙선처럼 노랗게 햇빛을 받아 빛나는 잔디, 그리고 그 잔디를 닮은 반백의 선생 머리칼을 지나, 이마부터 빼곡한 검버섯 사이에 무겁게 자리잡은 그의 두 눈꺼풀은 이제 딱풀로 꼭 붙인 듯 떨어지지 않는다. 나는 우리 선생님이 졸고 있는 것이 아니라, 내가 그를 위해 스무스한 드라이버가 되었다고 생각한다. 아까 그가 정면을 보라며 내 가슴 가운데를 손가락으로 톡 건드린 것도, 나는 절대로 성性적으로 막 그렇게 못되게 해석하지 않기로 한다. 지금 중요한 건 분명 그런 게 아닐 것이다. 어느덧 나는 완연한 수험생의 마음과 모양을 하고 있었다. 간절함이란 그런 것이다. 맞다, 그런 것이었다. 선생은 시간이 갈수록 점점 더 깊은 잠에 빠져드는 듯 연신 고개를 고꾸라뜨렸다가 일어나기를 반복했고, 나는 어느새 선생을 끝까지 깨우지 않고 운전을 마치는 것을 목표로 삼고 있었다.

그렇게 맥없이 나는 운전면허시험에 합격하기 시작했다.

배운 게 없어서 학원이 좋은지 나쁜지는 알 수가 없었다.

가상이 날 기르시고, 현실이 합격을 낳으셨다.

정말 이럴 일인가.

● ○

미처 환기하지 못한

　첫번째 책을 마지막으로 교정하던 날, 나는 내가 '중년'이라는 단어를 꽤 많이 썼다는 것을 알아차렸다. '중년'이라는 묘사로 누군가를 가두어 거리감을 만들어내려 했던 것 같다. 아직 나와 내 주변이 '중년'이라는 것을 진심으로 인정 못 했다는 사실이 이렇게 만천하에 폭로되고 말았다. 아직도 나는 얼굴에 굵은 주름을 만들며 귀를 닫고 나를 찍어누르던 얼굴들만이 '중년'과 '노년'이란 이름을 가진다고 믿고 있었던 것이다. 대단한 착각이다. 나는 하루가 다르게 내 머릿속 그들을 닮아가고 있으며, 우리는 머지않아 하나로 뭉뚱그려져 찬란한 현재와 미래가 될 예정이다.

예술가로 사는 이상 인생은 개망신과 수치심의 연속일 것이다.

아무리 걸러내고 추상화한다 해도 미처 단속하지 못한 내 음습한 사고의 흔적이 캔버스에 활자에 비트에 묻어나, 가장 예상치 못했던 순간에 급습당하듯 들키고 말 것이다. 범죄 자체는 완벽했으나 완전범죄를 이루려는 '의지'가 들킴으로써 체포되는 범죄자처럼, 예술로 얼버무리고 가리고자 한 필연적 '의지'가 특유의 족적처럼 남아, 나는 숨긴 것을 들키고 또 들키는 평생을 살 것이다. 이것까지 삐져나와 있는지 몰랐는데, 알고 보니 애초에 그걸 꺼내놓은 사람이 나였더라 같은 상황 말이다.

하지만 그럼에도 그 짓을 멈출 수 없을 것이다.

그래서 나는 항상 곰팡내가 나는 구석이 생기지 않도록 신체 구석구석을 공기가 통하게 열어두려 하지만, 아무리 돌려누워도 막을 수 없는, 디딘 땅과 피부가 붙어 만들어낸 어쩔 수 없이 차오르는 퀴퀴한 습기가 반드시 있을 것이다. 인간인 나는 절대로 온몸을 공중에 띄워 환기할 수 없을 것이며, 필연적으로 음습한 구석을 가질 것이다. 그럼에도 불구하고 세련되게 다듬어진, 환기된

⟨두터운 넘실거림⟩

예술가로 사는 이상 인생은 개망신과 수치심의 연속일 것이다.
하지만 그럼에도 그 짓을 멈출 수 없을 것이다.

곳만이 전부인 듯 뽐내다가 음습을 발각당하며, 망신살이 온 세포
와 그 너머까지 구석구석 뻗치는 삶을 살게 될 것이다. 피할 수 없
을 것이다.

● ○

미소시루

미소시루에 대해 생각한다. 조금 전에는 심해 생물 사진이 가득한 두꺼운 책을 보았다. 그들의 선을 따라 그려봤다. 부피를 가늠해보았다. 아래의 아래에 살고 있는 것들에 대해 한참 생각했다. 그리고 지금은 미소시루에 대해 생각하고 있다.

미소시루는 일본식 된장국이다. 다만 나는 그것을 '미소시루'라고 부를 때 좀더 그것의 본질에 가까이 다가가는 듯 느껴서 굳이 '미소시루'라고 부른다. 미소시루는 기본적으로 분리의 속성을 지니고 있다. 개어진 된장이 국물과 섞여는 있으나, 완전히 섞여들어간 상태는 아니다. 그래서 마치 진흙바닥을 둔 강물과 같이 위쪽은 물이, 아래쪽에는 된장이 가라앉아 있는 형태이다. 그래서 이것을 먹을 때는 젓가락을 모아쥐고 몇 바퀴 휘휘 돌려 가라앉은 것이 물과 섞이도록 띄워주어야 한다. 그러면 비로소 가라앉아 있던 것들이 부풀듯 떠오르며 거친 흙탕물을 만들고, 우리는 그것을 벌컥벌컥 마신다.

나는 미소시루를 떠올렸다. 그리고 젓지 말아야 할 것을 저은 것이 아닌가 생각했다. 비록 이미 맑은 물이 아니었을지라도 애초에 섞이려고 하지 않는 두 층이 나뉘진 상황은 어느 정도 평화였던 게 아닐까 생각해본다. 물론 젓가락으로 휘저어져 뒤죽박죽 섞이고 소용돌이로 섞여들어가는 그 상태가 본질에 가깝다 할지, 그후에 찾아온 대충의 고요가 더 본질적 상태라 할지는 취향과 팔자의 문제일 것이다. 하지만 젓가락을 들어버린 자라는 것, 그렇게 가라앉은 것을 다시 떠오르게 한 자라는 책임을 진 채, 나는 내가 잘살아갈 수 있을까 생각해본다.

젓가락으로 몇 바퀴 돌려진, 먼지덩어리 활화산 같은 미소시루.

반찬과 밥을 집어먹는 도중, 조금 빠르고 신경질적인 움직임으로 젓가락을 국에 꽂아넣어 맹렬하고 빠르게 휘저은 후, 국그릇에 입을 딱 대고 호로록 삼켜버린다. 퍽퍽했던 식단을 부드럽게 넘겨주는 이음새가 될 수도 있고, 일정하게 밥과 반찬을 오가던 젓가락을 공연히 다른 종목에 참가시켜 흐름을 끊었는지도 모른다.

나는 어떤 미소시루를 저었는가.
무엇이 피어오를 예정인가.

어쨌든 무엇이 올라오게 할지 선택할 수는 없다.
어차피 모르는 척 마구 휘젓거나 애초에 죽은 듯 가만히 있어야 했다, 나는.

진짜 작가

그래, 니미 창작이나 하자.

나는 그렇게 생각했다. 첫 책이 나오고 한 달 남짓이 지난 지금 이 순간, 나는 그렇게 생각하고 기꺼이 실천하기로 한다. 결국 이렇게 다시 키보드를 두드리게 된 것은 대중님 덕분이다. 대중께서 많은 성원을 보내주셨다. 그리고 그만큼 되게 많이 다가오셨다. 나도 복잡한 마음으로 그들을 향해 몇 걸음을 내딛었지만, 오늘 정도가 되니 웬만큼 충분히 성큼 다가가드렸다는 생각이 들었다. 360도 노출을 시작한 삶을, 나는 조금이나마 아껴보려고 한다. 조금은 원하는 방식으로 닳고 싶다. 그리고 무엇보다 내 자리는 결국 여기, 만드는 사람이라 그렇다.

세상에 글을 뿌렸더니, 그보다 훨씬 많은 글이 배달되기 시작했다. 어느 순간부터 갑자기 여기저기서 책이 오기 시작했고 나는 받는 족족 일단 쌓아두며 부동산을 잃어갔다. 눈에 책이 차이다보니 약간 젠체하며 맛을 보듯 조금씩 두루 읽게 되었다.

그렇게 읽다보니 문득 이러다 '진짜 작가'가 되면 어떡하나 하는 두려움이 몰려왔다. 이것은 이반지하 퍼포먼스를 처음 미술 갤러리에서 하게 되었을 때, 이반지하가 '진짜 미술'이 될까봐 두려웠던 것과 비슷한 느낌이었다. 물론 그때도 주변에서는 그게 뭔 개소리냐고 했다. 근데 그래도, 그래도 나는 뭔가가 좀 그렇다. 그래서 진짜 어쩔 수 없이 책을 읽다 말고, 누가 들을세라 소리 없이 살짝 책을 닫고, 닫다못해 한번 잠그듯이 꾹 눌러 잡으면서 '그래, 나는 이런 사람이었지' 하고 제자리를 찾는 척해본다.

행사를 다녀오면 집 전체를 들었다가 내려놓은 것처럼 모든 물건이 몽땅 까뒤집어졌다. 오늘에서야 그 모든 것 중 일부의 자리를 조금 찾아주었다. 물론 우리집은 보통 엉망이다. 나는 항상 내

눈 사정거리 안에 모든 것이 다 보였으면 좋겠다고 생각한다. 그렇게 언제든지 이것과 저것을 아무렇게나 연결짓고 맥락 없이 상기하고 싶은데, 그것은 수납도 인테리어도 아니라서 누구도 설득할 수 없는 엉망이다. 하지만 오늘 정도가 되니, 이것은 라이프스타일이라기엔 집 전체를 버리고 싶어져서 정리 비슷한 것을 안 할 수가 없었다.

북토크에서 그런 질문이 있었다. 요즘도 선인장을 매일 만지냐는 질문이었다. 나는 잠시 요즘을 돌이켜보고, 만지지는 않고 보기만 한다고 대답했다. 잠깐 멈춰 왜 그랬을까 생각해보니 자극 때문이었다. 360도로 들어오는 자극을 이미 충분히 받고 있었기 때문에 선인장들은 보는 것만으로 충분했던 거다. 만질 마음 같은 것은 들지 않았다. '보기'에서 '만지기'로 가는 순간 그것은 현재 스코어상 과도한 자극이 된다. 그래서 나는 그들을 한참이나 만지지 않고 지냈던 것이다. 여기까지 쓰고 지금 잠시 테스트하듯 가서 좀 만져봤다.

다시 자리로 돌아왔다. 아직은 보는 것만으로 충분하다. 한동안은 그럴 것 같다. 지금의 나에게 그들의 촉감은 너무 시끄럽다. 당분간은 그냥 바라만 보기로, 가끔은 바라보지조차 않기로 한다. 나중에 다시 만지고 싶을 때 가서 마구 만져버리면 된다. 계속 거기 있을 거라고 믿어보면서.

베스트셀러를 읽고 있는데 문득 계속 거북한 기분이 들어 왜일까 생각했다. 글은 멀쩡했고 나도 제법 멀쩡한 편이었다. 잠깐 눈을 뗐다가 글자에 다시 붙여보니 역시 그랬다. 이 페이지는 약 3~5도 정도 삐뚤게 인쇄가 되어 있었다. 어떤 콘셉트가 아니라 그냥 한쪽 전체가 미세하게 직각이 안 맞게 인쇄되어 있었다. 나는 역시 그랬군, 이라고 생각하며 우쭐함과 피로감에 몸서리쳤다.

심장이 터질 것 같다. 속이 너무 답답해서 카페에 간 것이었는데, 음질 나쁜 스피커에서 깽깽 깨지는 드럼 소리를 맞으니 더욱 가슴이 터질 것 같았다. 허겁지겁 먹던 커피를 집어들고 공원으로 마구 걸어와, 아직 뛰기엔 더운 날씨지 하면서, 구원 같은 벤치 한 자리를 차지한다.

가을하늘은 듣던 대로 맑고 드높다. 시선이 닿는 곳에 테라스가 있는 깔끔한 주택이 보인다. '에이, 철도 옆이라 시끄럽지' 하면서, 당장 그 집을 사려던 마음을 마지막 순간에 접는 척 부러움을 멈춰세운다. 공원에는 잔잔하게 모래를 깔아놓은 산책로가 있고 나는 그 옆 벤치 중 하나에 앉아 아직 세상을 미워하는 중이다. 사람들이 내 앞을 지날 때마다 와그작와그작 모래 씹히는 소리가 났다.

사실 와그작, 이라 하면 크런키이다. 내가 고등학교 때였나, 배우 이정재가 광고한 몹시도 쿨했던 초콜릿, 크런키. 고등학교 때 담임은 자기가 이정재를 가르쳤다고 했고, 반 아이들은 아무도 모르는 이정재의 얘기를 선생이 숨기고 있으리라 믿었다. 그래서 첫날밤 이야기 조름처럼 끈질기게 이정재를 졸랐다. 조용히 할 것, 얘기가 끝난 후에는 자습인지 청소인지를 잘할 것 등의 각종 자질구레한 조건을 내걸고서야 마침내 선생이 꺼낸 10대의 이정재는, 교실 맨 뒤에서 '그림'같이 앉아 있었다는 것. 아이들은 일제히 꺅소리를 질렀다. 지금 생각하면 그런 정도의 얘기는 교실 책걸상도 할 수 있을 정도의 얘기였지만, 당시 반 아이들에게 그 얘기는 너무도 직접적이고 은밀한 이정재의 일부를 공개적으로, 집단적으로 짜릿하게 전달받는 일이었다. 우리 반 애들은 분명 그날 각자 10대 이정재의 조금을 나눠가졌다.

크런키맨 이정재는 그후 텔레비전에서 고현정을 지켰고, 정우성의 절친이 됐고, 최근에는 엄청 세계적인 스타가 되었다. 10대

이정재를 미량 가진 나는 이웃집 퀴어씩이나가 되어 신발에 모래가 잘근잘근 씹히는 소리에 20년도 전의 크런키와 이정재의 조금을 떠올린다. 맛있다. 이것은 정말 맛있는 소리이다. 매끈한 콘크리트 산책로 벤치에 앉았더라면 들을 수 없었을 소리이다. 나중에 할 수 없이 대저택에 살게 되면 입구에 이렇게 모래를 깔아서 침입이 있을 때마다 맛있는 소리와 이정재가 생각나도록 만들면 어떨까.

겨우 몸을 일으켜 시계를 보니 걷기는커녕 택시를 타도 약속 시간까지 닿기엔 간당간당한 시간이 되어 있었다. 오 분이나 걸리는 곳에 있는 택시를 앱께서 잡으신 것과, 예상해주신 택시비에 분노가 턱 치밀어올랐다. 마침내 택시분이 오시고 나는 차에 오른다. 그리고 기사가 손님 여자와 친밀해지고자 하는 그 적당한 순간이 되기 전에, 소음차단 이어폰을 귀에 꽂는다.

지금 들을 수 있는 음악은 그래, 클래식이다. 클래식이라면 뭐든 좋을 것 같았다. 클래식 랜덤 재생 버튼을 누르자 화려한 오케스트라가 순식간에 귀를 꽉 채운다. 나도 모르게 끄악 소리를 지를 뻔했다. 지금 이 소리는 너무 많다. 서둘러 정지를 누르고, 제목은 잊었지만 앨범아트가 기억나는 현악4중주를 빠르게 밀어 찾아 눌렀다. 아니 근데 이 소리도 너무 많!

나는 다시 음악을 정지시키고, 더욱 초조하고 죽을 것 같은 마음으로 최대한 빠르게 피아노 솔로를 찾아낸다. 플레이.

음…… 이것은 음과 음 사이가 너무 잦다. 이것은 지금 내가 견딜 수 있는 다이내믹이 아니다. 이렇게 잦은 음의 변화를 지금의 몸은 견딜 수 없다. 나는 소리들이 문대어 너덜너덜해진 신경세포 다발을 다시 쥐어 일으켜 정지를 누른다.

그렇게 나에게 말 걸기를 포기한 기사와 소음차단 이어폰을 낀, 어떤 음도 견딜 수 없는 내가 이동한다. 잠시 후 나는 철통같은 KF94 속에서 오직 나만 들을 수 있는 소리로 씨바…… 씨바…… 라고 읊조렸다. 마스크에 이어폰까지 꽉 눌러 막고 있으니 그 소리는 입에서 난다기보다 더 깊은 내면의, 아주 핵심적인 내장 어딘가에서 스며나오는 울림같이 들렸다. 이것이 지금의 내가 견딜 수 있는 유일한 소리이다.

운동을 마치고 나오니 비가 내리고 있었다. 동남아의 스콜 같은 갑작스러운 폭우가 잦아진 요즘 날씨, 하지만 여전히 나는 자전거를 끌고 운동을 하러 나오는 비상식을 갖는다. 비는 다행히 거센 장대비가 아니었다. 그래서 나는 바로 페달을 밟았다. 이제 이 정도 비는 기꺼이 맞지 않으면 안 될 것 같다는 생각이 들었기 때문이었다. 비도 맞아야 하고 달리기도 해야 하는 삶이다. 몸을 조금도 적시지 않고 자전거를 신나게 타고 마구 달릴 수 있는 가능성 같은 것은 애초에 없었던 것이다.

탄수화물의 묵직함과 유제품의 부드러움을 찾고 있다. 이것들은 몸 안도 바깥도 아닌 혀 정도에서는 만족스럽고, 몸안으로 포함될수록 포함되지 않으려는 듯 요동친다. 몸은 자기가 원하는 것은 이런 것이 아니었다고 했다. 하지만 분명 입과 마음으로부터의 당김이 있었다. 한없이 버텨주는 것과 한없이 부드러운 것이 필요했다. 내장 깊은 곳에서부터 그런 것들에게 둘러싸이길 원했다. 나의 일부가 되어주길 바랐다. 탄수화물은 몸 곳곳에 무너지지 않을 무게추가 되어주길, 유제품은 부드럽고 뭉글하게 모든 틈새를 감싸주고 메워주길 바라고 있었다. 그래서 도무지 안 먹을 수가 없었다는 말을 하고 싶다.

커피를 세 잔째 먹는다. 심장을 터뜨려버리기 위해서다. 물론 이래서는 안 된다. 하지만 안 되는 걸 알면서도 해버릴 수 있는 것이 어른이다. 말려줄 더 큰 어른 같은 것은 이론상 있을지라도 실제론 보통 없다. 덥지도 춥지도 않은 날이 오고 말았고, 카페의 유일한 야외자리까지 꿰찼다면 커피를 두 잔 이상 마시지 않을 도리가 없다.

"말을 또롱또롱 알아듣게 하시오, 할마니, 이러더랑께"라고 이빨 빠진 동네 할머니가 다른 할머니에게 말한다. 아마도 증손이 당신에게 했을 당찬 말재간을 회자하며 두 사람은 자지러지게 웃는다. 밀고 가는 유모차에 체중을 나눠 싣고 이 시간을 걷는 그들은 그냥 할머니들이 아니라 집주인 친구들일 것이다. 하지만 이 정도 거리에서는 제법 귀여워 보인다.

한강에 가서 구름을 보다 와서 마음이 좀 좋아졌다. 덕분에 많은 자동차분들의 위협을 뚫고도 자전거로 이 카페까지 올 수 있었다. 오늘의 구름은 이동과 변화가 꽤 빠른 편이었다. 잠시 딴생각에 빠졌다가 다시 정신을 차리고 바라보면 아까 그 구름은 반의반 토막이 되었거나 다른 구름과 겹쳐져버렸거나 흔적도 없이 사라져 있었다. 카페의 야외자리에서도 목이 굳을 때까지 구름을 한참 바라봤다. 마침 지나가는 새끼가 담배 구름을 뿜는다. 이러지 말라.

추석 지나고 배송되는 택배였는데, 상품 출고가 일찍 되었다고 했다. 나는 좋다, 받겠다고 하고 전화를 끊었다. 힘든 잠을 자고 있었는데 덕분에 깼다. 바로 깨지는 못했고 한참을 더 바닥으로 내려지는 기분을 느끼다가 억지로 힘을 써서 일어났다.

나는 어제 새벽 1시쯤 잠들어서 지금은 잊어버린 어떤 꿈을 꾸다 놀라 새벽 6시에 깨어 아침밥을 챙겨먹었다. 그리고 동면하고 싶은 마음으로 다시 침대로 가서 억지잠을 잤다. 억지잠을 자고 나면 항상 기분이 좋지 않다는 것을 안다. 머리도 아프고 짜증이 많이 난 상태로 일어나게 될 것을 알고 있다. 하지만 그래도 나는 최선을 다해 동면하고 싶었다. 그것 말고 지금 어떻게 전원을 잠시라도 끌 수 있을지 알 수 없었고 성의 있게 고민하고 싶지도 않았다.

꿈에서 나는 계속 소리를 질렀다. 하지만 현실이라고 생각했기에 소리를 지르면서도 계속 '어떡하지? 이 소리는 너무 큰데'라고 생각하고 있었다. 꿈속의 나는 완전히 미쳐 있었다. 극도의 신경과민과 망상을 기반으로 주변 사람들 모두에게 모든 일에 대해 소리지르고 있었고, 당연히 내 친구이고 동료인 그들은 놀라거나 두렵거나 진저리난 얼굴로 나를 대했다. 꿈에서 나는 정신과에 전화도 했다. 내가 얼마 전에 진료받았고 약도 타오긴 했는데 지금 좀 이상하다, 아마 많이 미친 것 같다고 말했다. 의사와 직접 통화하려고 대기하던 중 현실 핸드폰으로 배송 전화가 온 것 같다.

나는 꿈속에서 많이 미친 나로서 느낀 감각이 너무도 생생해서 깨어나고서도 한참을 꿈에게 이 잠을 이어가라 협박받는 듯한 기분을 느꼈다. 힘든 잠을 잔 몸은 지쳐 있었기에 다시 눈을 감고 싶어했다. 나는 그 유혹에 거의 넘어갔다가 떨쳐내고, 마침내억지로 몸을 옆으로 굴려 침대 밑으로 나를 떨어뜨리면서, 이러다정말 심하게 미쳐버리면 어떡하나 걱정했다.

꿈에서의 감각을 끊어내려고 후루룩 옷을 입고 집밖으로 나왔다. 잠시 대문 앞에서 멍하니 서 있다가, 이동하자, 이동해야 한다고 생각했다. 마구 걷다보니 금토일만 영업한다는 당돌한 카페의 야외자리를 발견할 수 있었다. 오늘은 목요일, 무겁고 세련된야외의자는 스태프들의 마감 영역이 아닌지 딱 좋은 그늘에 방치되어 있었다. 나는 그대로 들고 나온 어제의 가방을 내려놓았다.나도 주문하고 자릿세를 내고 싶지만 문을 열지 않은 것은 그쪽이니까, 라고 생각하면서 의자에 꿍그리고 앉아 글을 쓴다. 테이블까지는 없어서 노후에 쓸 허리를 조금 꾸어다 숙여 쓴다.

글을 써야 비로소 꿈을 정리할 수 있을 거라고 생각했다. 삶의 많은 일이 그러하니, 꿈도 그럴 것이다. 우선 침대에서 꽤 멀리벗어나서 그 일을 반추하고 쓰다보면 꿈의 감각을 다시 현실의 감각, 의자와 만나는 엉덩이라든가 발가락과 만나는 샌들 벨크로의 까슬거림 같은 것으로 대체할 수 있다.

하지만 여전히 가슴이 벌렁거린다. 나는 내가 너무 미칠까봐, 너무 티가 많이 나는 환자가 될까봐, 그래서 주변 모두가 사라져 주길 바라는 사람이 될까봐 무서웠다. 나는 꿈에서 바로 그런 사람이었고, 그 사람은 자신이 하는 짓을 인지하면서도 멈출 수 없었다. 흘러나오는 자신을 통제하지 못한 채 더욱더 미친 외길을 갔다. 소리를 지르고는 소리질러서 미안해, 아니 근데 내가 왜 사과해야 하는데, 라고 소리를 지르고 아니 미안한데, 아니 내가 왜 미안한 기분까지 느껴야 하는데, 라며 화를 내는 그런 끊어지지 않는 연결을 이어갔다.

글을 좀 쓰니 한껏 치켜올라갔던 어깨가 조금씩 자리를 찾아 내려오고 배가 고파온다. 하지만 꿈 생각을 계속한다. 꿈에서 극심한 정신병자가 되고 나면 실제 현실에서 그렇게 될 때까지 얼마나 걸릴까. 이런 경우에 꿈이 전조가 되기도 하나. 많이 미치게 되면 언제부터 미치기 시작했는지 기억할 수 있을까. 나는 무엇이 될까, 되려 하나.

들려진 이야기의 다음

대기실에 가득한 사람들을 지나쳐 신속하게 침대로 안내되었고, 으레 찔리는 그 부위에 주사기가 푹 들어왔다. 시키는 대로 작은 실리콘 덩어리를 아기처럼 입에 물고 눈을 감았다 떴더니 위내시경도 끝났다고 했다. 그렇게 심리스 팬티처럼 흔적 없이 말끔하게 위내시경이 인생에서 도려내졌다. 멍한 기분이었지만, 몸 전체를 입에서부터 까뒤집는 듯한, 영원히 끊어지지 않는 국수를 먹는 눈물의 고통을 이토록 두루뭉술하게 피해갔다는 것이 기막히게 짜릿했다. 고통, 앞으로도 반드시 너를 피하리라.

여전히 아침이었지만 벌써 좋은 하루였다고 말하고 싶은 기분이 들었다. 제법 다수의 남들이 하는 고생을 안 했다는 것이 그렇게 좋을 수가 없었다. 이렇게라도 고통의 개수를 줄여냈다는 것이 무척 뿌듯했다.

오늘 저녁에는 옛 인연을 만나게 되어 있었다. 내가 유통시킨 나의 이야기는 어떤 사람들에게 표정을 주었고, 나는 그걸 견뎌야 할 책임이 생겼다. 오늘이 바로 그 표정 중 하나를 마주해야 하는 날이다. 일단은 힘을 내야 한다는 생각에 무턱대고 장어덮밥을 먹었다.

한 시간이 지난 지금, 아직도 나는 생생히 위에서 장어를 느끼고 있다. 처음 보는 번호의 버스를 타게 되었다. 유난히 어두운 길과 커브, 터널 들을 두루 거쳐 약속 장소까지 왔다. 내가 먹은 장어에 가시가 많았을까 회충이 많았을까 생각해본다. 그리고 오늘 만날 그는 적절한 중립적 대접을 받아야 하지 않나 생각한다. 그가 나의 이런 지레 얹힌 듯한 기분을 떠안는 것은 무척 부당한 일이다. 이럴 거면 안 간다고 하면 됐을 것을, 이 자리와 이 시간에 오는 것을 선택해놓고 이제 와서 이러고 있다.

그냥 그 시간에는 고통이 너무 많았다.

그 시간의 사람들 모두에게 그 고통의 책임을 물을 이유는 없다. 하지만 그들을 그때의 고통과 완전히 분리하는 것 역시 내 입장에서는 불가능하다. 그 시간은 십자로 무수히 직조되어 있는 직물 같은 것이기 때문에, 한 올만 싹 핀셋으로 얄밉게 건져올릴 수 없다. 문제적인 그 한 올과 주변은 모두 성글게라도 얽혀 짜여 있기에, 하나를 건져올리면 주변 것들도 조금씩은 딸려올라오게 되어 있다. 아무리 거지같이 짜인 직조일지라도 말이다. 그런 직조에도 '그대로'인 상태와 '어질러진' 상태가 있는 것이다.

나는 반창고 안쪽 거즈 같은 것을 떠올렸다. 반창고를 버리기 전 상처와 맞닿아 있던 부분을 슬쩍 보면 촘촘히 가로 세로가 무수히 반복되어 한 덩어리가 된 짜임이 보인다. 그중 한 가닥을 들어올리려 한다면, '가닥'이라고 나눠 부르기도 애매할 나머지 전체가 훅 따라 올라올 것이다. 나는 자꾸만 그런 장면을 상상했다.

그럼에도 끝끝내 이 자리에 온 것은, 오늘 만날 그는 그 고통의 핵심과 무관하니까, 그에게 부당하게 굴고 싶지 않아서였을 것이다. 하지만 나는 그 정도로 좋은 사람이 될 준비가 되었을까. 그 시간에 대해 누군가의 부당함씩이나 챙길 여유를 부릴 형편인가. 약속시간까지는 41분이 남았다. 곧 40분이 남은 상황이 올 것이다.

이 약속은 오늘의 마지막 일정이다. 어쩔 수 없이 오늘의 승패가 어느 정도는 여기에 달렸다.

집에 가는 길의 나는 오늘을 후회할까. 오늘은 위내시경의 고통을 얍실하게 피했던, 현대 의학이 허락한 무통의 날인데, 이 오늘은 몇 시간 후 다른 오늘이 될지도 모른다. 위내시경에서 피한 그 고통이 제값을 치르러 오지는 않을까 싶어졌다. 고통도 그날의 할당 같은 걸 채우는 입장일까.

무심코 버스에서 고개를 들었을 때, 나는 나를 봤다. 버스의 출입구 위쪽 거울을 딱 마주보는 자리에 앉아 있었던 것이다. 그렇게 그 순간의 나와 마주쳤다. 나는 꿍그러져 있었다. 완연히 겁에 질린 사람의 얼굴을 하고 있었다.

지금은 커피숍 전면 유리창을 향해 다리를 크게 벌리고, 1인 소파에 완전히 몸을 맡긴 나를 마주한다. 밖은 이미 어둡고, 유리에 비친 나는 아까 버스의 거울 속에서보다 오히려 선명하다. 여전히 겁에 질려 있나 체크해본다. 마스크가 있었다. 그래도 마스크가 있다. 물론 아까 거울에서도 마스크는 쓰고 있었다. 22분이 남았다. 10분 전이 되면 지체 없이 일어나서 약속한 곳으로 갈 것이다.

　버스가 지나던 그 어두운 길. 굽이굽이 검은 터널을 떠올린다. 그 길에 갇혔어야 했는지도 모른다. 이제 21분 전이다. 나는 기껏 주문한 커피를 잔뜩 남기고 커피숍을 나와버렸다. 견딜 수 없는 마음이 되어, 다리라도 움직이고 있지 않으면 미쳐버릴 것 같았다. 이리저리 아무 방향으로 빠르게 걷는다. 그래봤자 약속 장소의 반경에서 멀리 가지 못한다.

● ○

엽 학 택

남성을 지켜보는 일은 즐겁다고 배웠다.

특히 그들이 무리지어 있는 곳은 무엇보다 신나고 재밌는 일이 일어날 거라 기대된다. 그들은 기본적으로 천진하며 영원히 어린아이와 같다고 알려져 있다. 즉, 사실상 그들 중 성인은 없다고 봐도 무방한데, 그럼에도 사회적 존재감이 무척 큰 것이 평생 봐도 놀라운 일이다. 그런 존재적 신비로움 탓일까, 나는 평생 그들이 모인 곳에 자주 시선을 빼앗겨왔다. 그렇다고 내가 각종 얼큰한 가게들만 들락거리며 그들의 뒤를 집요하게 밟아온 것은 아니다. 나는 그저 조금 먼 발치에서 그들 스스로가 지어내는 서사를 즐겨 보았을 뿐이다.

〈슬램덩크〉를 보고 〈무한도전〉을 보던 나는 최근 야구 예능을 보기 시작했다. 그리고 언제나처럼 그 세계에 쏙 빠져들었다. 그곳에는 일단 엽, 학, 택과 같은 거칠고 단단한 결을 가진, 감히 비非남성에게 허락되지 않을 영웅적 이름들이 있다. 너도 짱이고 나도 짱이라서 서로를 인정하는 몸 쓰는 사내들의 끈끈한 우정과 호르몬도 있다. 그들이 흘리는 땀, 역경을 딛는 투지, 반전과 역전의 서사는 컴퓨터 화면 너머로 깊은 울림을 전한다. 냄새가 거세된 그 가공된 울림을 뼛속까지 음미하며, 나도 저 안에 있다고, 우리는 같은 편이라고 나는 믿는다. 그러면 즐겁다. 그래야 신이 난다.

그들을 사랑하는 데는 많은 조건을 따지지 않아도 된다는 점이 좋다. 반드시 젊음이랄지 멀끔함 같은 요소가 결정적인 것은 아니라 배웠다. 어리면 어려서, 늙으면 늙어서, 잘생기고 또 안 생겨서 좋은 것이 그들이라고 오랜 세월 유구히 카메라가 가르쳐주었다. 그들은 그 자체로 완전하다. 다만 절대로 그들과 함께 화면에 잡히면 안 되는 것은, 미처 남성이 되지 못한 이들이다. 그런 서투른 존재들이 등장하는 순간, 나의 몰입은 순식간에 깨져버린다.

물론 이미 하나로 잘 단결된 세계에 소소한 양념이나 곁다리

반찬 좀 있다고 나쁠 거 하나 없다. 낮고 두꺼운 승리의 포효에 다양한 웃음소리 살짝 낀다고 뭐가 떨어지는 것도 절대 아닐 것이다. 하지만 이런 다양성은 일단 나의 집중을 흐트러뜨린다는 것, 그리고 멀쩡했던 구경꾼이자 대충 동질감에 취해 있던 나 자신을 돌아보게 하기 때문에 나쁘다는 것이다. 신나게 TV를 보다가 갑자기 자신의 다양성을, 현실을 돌아보고 싶은 사람 어디 있겠는가.

그러니 부디 카메라를 돌리지 말라. 땀을 뻘뻘 흘리며 신명나게 플레이를 이어가는 단일한 이들을 잡던 카메라가 갑자기 응원석을 비출 때면 나는 이 완벽한 세계가 잊고 있던 사람들을 발견하고 깜짝 놀라고 만다. 맞다! 쟤네도 있었다! 다만 응원석에 있었을 뿐!

그 순간 몰입이 깨지는 것이다. 완벽한 세계는 이제 불완전해 보이고 마냥 즐거웠던 순간들은 금세 추억이 된다. 아차차, 생각해보니 설마 나도?

입이 쓰다. 저 세계는 서투른 애들이 없어 완전하다. 그렇게 누구의 취향도 입장도 대변하지 않는 깔끔한 스포츠가 되어준다. 그리고 나 같은 뭇 시청자가 서사에 몰입한다. 응원한다. 그러다 또 아차차.

그래서일까. 나는 언제부턴가 영원히 그들의 세계가 무리하게 다양성을 섞는달지, 비율을 맞춘달지 하는 시도조차 하지 않길 남몰래 바라왔다. 차라리 단정한 하나의 세계를 숨구멍 하나 없이 완전하게 제시하여 나를 착각하게 해달라. 내가 저 화면 속 영웅들과 다를 바 없다고, 나도 그들처럼 될 수 있다고 달콤한 꿈을 이어 꾸게 해달라.

쓰벌, 그것이 존나 꿈일지라도.

● ○

손상된 젠틀맨을 위하여

차 시동을 본격적으로 걸기 전, 일단 창문을 활짝 열어 환기한다. 묵은 공기를 충분히 내보내고 음악 몇 곡을 몰아 듣는다. 이제 곧 둘 다 할 수 없는 시간이 온다. 내비게이션과 함께라면 세상 어디든 갈 수 있을 거라 믿었던 시절이 있었다. 하지만 그가 말하는 전방 300미터와 500미터가 대체 얼마큼의 거리인지, 또 그가 일러주는 '잠시 후'가 대체 얼마나 잠시 후인지 알아내는 것은 철저히 내 몫임을 이제는 안다.

그래도 가상도로에서의 오랜 수련 덕분인지 나는 초보치고 매우 빠르게 운전에 적응하기 시작했다. 움직이며 확보되는 사생활이 감격스러웠고, 이 비싼 장난감에 왜 그렇게들 열광하나 이해하기 시작했다. 한 20년 늦게 어엿한 사회인이 된 기분에 도취되어, 습관적으로 보행자와 따릉이를 욕하는 나 자신을 보며 제법 보이스 클럽에 들어온 느낌도 받을 수 있었다.

그렇게 웬만한 상황에 어느 정도 적응했다 싶었을 때 그 일은 일어났다.

집에서 멀지도 않은 친구 사무실에 군이 차를 가지고 행차한 날의 일이었다. 주차장이 언덕이라 초보에게 까다로울 수 있다는 친구의 조언을 나는 일종의 도전으로 받아들이고 말았다. 까다로워봤자 어쨌든 차가 들어가니 주차장일 거라 우기며, 괜히 누군가에게 본때를 보여주고 싶었다.

그렇게 당도한 주차장은 차를 기준으로 앞뒤가 아닌, 좌우로 경사가 심한 언덕에 위치해 계셨고, 나는 그제서야 조금 좆되었다는 생각을 했다. 끝끝내 차를 끌고 가겠다는 나에게 친구는 내리면서 차문을 옆 차에 찍지 않도록 주의를 주었는데, 그것은 바로 이 형국 때문이었던 것이다.

빈자리가 거의 없는 좁은 주차장의 중앙에서, 여러 번의 전후진을 야무지게 반복하여 차를 겨우 넣을 수 있었다. 옆 차와의

간격은 숨을 들이마시기만 한다면 충분히 지나갈 수 있겠다 싶었다. 친구의 조언을 되새기며, 아 껌이지, 라고 생각하며 운전석 문고리를 쥐고 연 순간, 성실한 중력이 갑자기 보이지 않는 힘을 발휘했다.

떡

내 손을 빠져나간 문은 옆자리에 주차되어 있던 차의 옆구리에 정확히 박히며 짧은 떡! 소리를 냈다. 이미 나의 정신은 여기서 사망했다. 나의 육신만이 쏜살같이 차에서 내려, 정말 거기 있으면 안 되는 내 차문을 옆 차에서 얼른 걷어냈다. 항상 안 돕던 하늘이 진짜 잠깐 도왔는지 다행히 옆구리가 파이지는 않았지만, 얼굴이 비치도록 광이 나는 도무지 안 비쌀 수 없을 아름다운 딥블랙차에, 내 차의 볼썽사나운 빨강 페인트가 일자로 묻어 있었다. 이제는 육신도 사망을 원하고 있었지만, 나는 본능처럼 차에서 물티슈를 꺼내 미친듯이 페인트를 닦아내기 시작했다.

"아휴, 그렇게 해가지곤 안 되지~"

주차장 관리인 아저씨가 무료한 발걸음으로 다가와 미운 시누이 같은 한마디를 건넸다. 나는 그 말에 순간 움찔했으나 물티슈가 해결 못 하는 일이 있다는 것을 바로 믿을 수는 없었다. 하지만 결국 피할 수 없는 현실이 입장했음을 약 3분 후 인정하고 만다.

더이상 어떤 색의 차가 진상을 쳤는지는 알 수 없게 만들었으나, 딱 페인트가 묻었던 자리만 무광효과가 적용되어 있었다. 기도하듯 하늘과 땅을 한 번씩 보고 난 후 나는 곧장 차 주인에게 전화를 걸었다. 점잖은 목소리의 주인은 안 그래도 지금 주차장으로 가는 중이라며, 짐짓 너그러운 태도로 전화를 받아주었다. 나는 어떻게 해야 가장 불쌍해 보일 수 있을지 궁리하다가, 언뜻 차창에 비친 덜덜거리는 내 모습을 보고 이미 충분하다고 생각했다.

잠시 후 세련된 광이 도는 말쑥한 검은 정장에, 테가 얇은 유광 안경을 쓰고 머리를 쫙 끌어다 뒤로 넘긴, 딥블랙 카를 쏙 빼닮은 젠틀맨이 여유 있는 미소를 띤 채 건물 입구에서 주차장으로 걸어왔다. 나는 머리가 땅에 닿을 듯 그를 향해 고개를 숙이고 나서도, 척추를 완전히 펴지 않은 채 대화를 이어가려 애썼다. 그는 내가 토끼지 않고 솔직하게 잘못을 고해준 것을 크게 칭찬했지만, 동시에 이게 전문가가 지울 수 없는 자국으로 남을까봐 전전긍긍하는 모습도 보였다. 나는 떨리는 몸을 추스르며 젠틀맨이 나에게 얼마를 요구할지, 내 통장 잔고분은 지금 감당되실지, 안 된다면 어디로 가야 하는지, 아니 근데 시발 차는 대체 왜 끌고 왔는지 등등 각종 극단적인 생각을 머릿속으로 굴리고 있었다.

사고 경험이 없어 절절매는 나와 달리 딥블랙 젠틀맨은 일단 오늘은 명함만 교환하자며 상황을 정리했다. 각종 쿠폰과 남의 명함이 가득한 지갑 속에서 작년에 만든 예술 냄새 그득한 수제 명함을 찾아 건네려다가, 나는 갑자기 국립현대미술관 레지던시에서 만들어준 번듯한 현대미술가 명함을 줘야 한다는 생각을 했다. 그냥 막 아무 예술가 그런 거 아니고, 뭔가 믿을 만하고 버젓하게 사회에서 기능하고 있는 인간이라는 인상을 주는 게 젠틀맨께 더 잘 보일 수 있는 길이 아닐까 하는 직감에서였다. 명함을 받아든 그는 잠시 나와 명함을 번갈아 보다가, 연락하겠다는 말을 남긴 채 곧 차를 몰고 자리를 떴다.

며칠이 지나도 연락이 오지 않자 친구들은 자국이 지워졌나 보다, 초보 티 나서 그냥 넘어가준 것 같다며 나를 안심시켰고, 나도 덩달아 큰 위기를 벗어났다 믿기 시작했다. 그렇게 평소처럼 흥청망청 살던 어느 날, 그 일이 있고 거의 열흘도 더 지났을 무렵, 가장 예상치 못한 순간에 젠틀맨으로부터 연락이 왔다. 명함을 받자마자 '내가 해먹은 차'라는 이름으로 그의 번호를 저장해놨기 때문에, 나는 핸드폰 화면을 보자마자 심호흡 한 번을 하고 재빨리 전화를 받았다. 여전히 점잖은 톤을 유지하고 있어 조금 안심이 되었다.

그는 결론적으로 정비소에서도 그 자국을 지울 수 없었다고 말했다. 하지만 그렇다고 그것 때문에 문 전체를 새것으로 교체할 수도 없는 노릇 아니겠느냐 물어왔다. 나는 '문, 새것, 교체'에서 한 번 숨이 멎었지만, '없는 노릇'에 이르러서는 나도 모르게 큰 소리로 그럼요 그럼요, 맞장구를 쳤다. 그는 말을 이어갔다.

"근데 보니까, 미술 뭐 그런 거 하시나보더라고요?"

"네네, 맞습니다, 선생님."

나는 술잔을 받치듯 핸드폰을 잡지 않은 오른손으로 나도 모르게 입 쪽을 가리며 말했다.

"그래서, 이게 뭐 피차 애매하니까, 그 제가 티켓 같은 거 하나 받으면 어떨까 싶어요."

"미술…… 티켓이요???"

나는 순간 이 상황이 잘 이해가 되지 않아 어리둥절했다. 현대 미술 전시는 보통 공짜인데?

물론 미술관이나 박물관처럼 티켓을 파는 경우도 있긴 하지만, 그래봤자 보통 만 원을 넘지 않는 것이 우리네 미술 전시 티켓이었다. 우리 젠틀맨께서 겨우 그런 것을 나에게 요구하고 있다는 사실이 믿기지가 않았다.

나는 조금 혼란스러웠지만, 그래, 뭐든 해드리면 끝나는 건가 하는 생각에, 냅냅을 몇 번 반복했다. 어쨌든 그렇게 하면 일이 마무리될 수 있을 것 같았다.

하지만 그의 진짜 목적은 이제서야 발화되고 달성되려 하고 있었다.

"근데, 이 명함에…… 이…… 반…… 지하? 이건 뭐예요?"

나는 흐읍 숨을 삼켰지만, 빠르게 목소리를 한번 가다듬고 아무렇지 않은 척 대답했다.

"그거요, 제가 글쓰고 그림 그리고 할 때 쓰는, 어…… 닉네임 같은 겁니다!"

약간 석연치 않은 톤으로 "그렇군요"라는 말을 뱉은 그는 곧바로 말을 이었다.

"근데 '이반'이라는 게…… 그…… 좋은 의미가 아니잖아요?"

나는 그의 말이 끝나기 무섭게 대꾸했다.

"그렇죠! 맞죠!"

그는 나의 맞장구에 약간 힘을 얻은 듯했다.

"그러니까 이게 게이, 트랜스 이런 건데."

나도 힘주어 답했다.

"네, 제가 바로 '게이'입니다~!"

핸드폰 너머 보이지 않는 그의 점잖은 심장이 적잖은 타격을 입었다는 것이 느껴졌다. 그는 한동안 아 아—아아—라는 말만 반복했고, 자신감 넘치던 태도 역시 뭐 수그러들듯 함께 수그러들었다.

"그래요. 그렇군요. 죄…… 죄송합니다."

"아닙니다!"

나는 이제 끝났다는 생각에 씩씩하게 대답했다.

하지만 그는 이제 겨우 1절을 마치고, 조금 떨리지만 호기심 넘치는 목소리의 2절로 가려 하고 있었다.

"그러면 그…… 여자인데, 여자……를 좋아하시는 그런?"

이쯤 되니 나는 급격한 피로감을 느꼈고,

"네네~ 비슷한 겁니다~"

상황은 너무 심하게 귀찮아지고 있었다. 젠틀맨은 아직 뭔가를 수습할 수 있다고 생각하는 눈치였다.

"저는 그러니까, 그, 그 미술 그런 거 하신다고 해서, 티켓이나 그런 걸 받으면 되겠다 생각했거든요. 그러니까 그래서…… 그래서……"

뱉어내는 단어들 사이로 불규칙한 숨이 첨가되면서 그의 용건은 조금씩 더 너저분해지고 있었다. 눈에 띄게 떨리기 시작한 그의 목소리는 당장 눈앞의 호기심을 충족하고픈 비릿한 욕망과 여전히 젠틀맨으로서의 위신을 지켜내고자 하는 사회적 자아의 비틀대는 싸움을 여실히 반영하고 있었다. 여기서 에라 한 발을 더 나갈지 아니면 끝끝내 멈춰낼 것인지, 그의 젠틀은 다시없을 위기를 맞고 있었다. 하지만 이제 확실히 내 알 바는 아니었다.

나는 그가 횡설수설하는 틈을 타, 몇 번의 네네와 다 맞는 말씀이라는 말을 반복한 후 젠틀하게 전화를 끊어냈다.

그와 조금 더 통화를 이어줘야 했을까 하는 생각이 안 든 것은 아니었다. 사실 보통 이런 대화는 너의 게이 여자친구와 셋이 함께 만나자는 얘기까지 들어줬을 때 완벽하게 평범한 젠틀맨과의 에피소드가 된다. 하지만 아무래도 거기까지 가는 것은 이제 내 쪽에서 먼저 지켜주고 싶다. 언제부턴가 이 땅의 소중한 젠틀맨들의 격은 내가 한 박자 빨리 지켜주고 싶은 것이 되었다. 조금만 지체하면 수많은 젠틀맨들이 자꾸 자신의 모든 것을 숨김없이 보여주려고 하기 때문이다.

　나는 한 번 정도는 더 전화가 올 거라는 예감이 들어, 그의 번호를 지우지 않았다.

●○

대관령

염소의 눈은 네모났다. 옆으로 길쭉한 그 네모 눈동자가 묘
해서 한참을 들여다보았다. 무엇을 보고 있는지 전혀 알 수 없었
다. 그것은 모든 것을 보고 있는 눈이다.

취약한 만큼 넓은 눈동자를 지닌 염소는 분명 작은 것에도
놀라는 민감함과 누구보다 먼저 주변을 알아차리는 날카로움도
갖고 있을 것이다. 사료를 올린 손에 뜨끈하게 감겨오는 염소의 혀
에 움찔거리면서 그 눈을 부러워할까 말까 잠시 고민했다.

경주마의 눈가리개는 인위적으로 말의 시선을 통제한다. 그

렇게 인간이 의도한 트랙을 달릴 수 있다. 결국 그런 집중과 몰두는 자연에서 이뤄내기 힘든 목표라는 얘기일지도 모르겠다. 언제 포식자가, 어떤 장애물이 생각지도 못한 각도와 속도로 삶에 끼어들어올지 모르니까.

나의 세계를 더욱 견고하게 만들고 싶다는 욕망과 그 세계가 세상과의 접촉면을 잃지 않았으면 하는 모순된 마음이 너무 강렬해서 예술가로 사는지도 모르겠다. 경주마의 눈가리개와 염소의 눈을 자유자재로 활용하려는 욕심을 끝없이 부린다. 집중하면서 알아차리고 싶다. 중심을 만들면서도 주변을 인식하고 감각하고 싶다.

염소의 눈은 염소를 살리기 위해 딱 그렇게 생겼겠지만, 동시에 염소를 안에서부터 매우 죽이고 있을지도 모른다는 생각을 했다. 저렇게 많은 정보와 감각을 들여보내는 눈은 목숨을 구하는 동시에 하루하루의 삶을 너덜너덜하게 망가뜨릴 것만 같다. 염소는 본 것을 못 본 척하는 기술 역시 뛰어날까. 혹은 정보의 중요도를 그만큼 빨리 걸러내고 분석할 수 있는 걸까.

나는 진정 여기까지 휴가를 와서
심플하게 염소 밥만 줄 수는 없었던 걸까.

●○

압

백팩은 이제 가볍다. 단골 병원, 한의원, 카페, 일하던 편의점에 첫 책을 선물하고 돌아나오면서, 터질 듯이 얼굴로 몰려오는 에너지를 감각한다. 마스크 속 내 얼굴은 쏟아지는 더위와는 전혀 다른 방향에서 열이 오르고 있다. 기분좋은 부끄러움이었다. 좋고 화끈한 기분이 가득히 뺨으로 올라와 피부가 간지러워졌다.

나는 아주 오랜만에, 어쩌면 처음으로, 내가 좋은 직업을 가졌다고 생각했다. 오늘 이 감각과 온도를 내가 잊지 않았으면 좋겠다. 이 순간을 꼭 기억했으면 좋겠다. 원래는 밖에서 밥까지 사 먹고 집에 오려고 했지만, 결국 지체 없이 서둘러 집으로 돌아왔다.

나는 이 감정을 더 하나하나 얇게 얇게 한 겹씩 음미하고 싶었기 때문에, 음식을 몸에 넣고 맛보거나 삼키는 일 같은 걸 지금 일정에 껴줄 수 없었다.

새삼스레 '시간'이라는 말보다 '세월'이라는 말을 떠올렸다. 내 책을 받아든 손들과 얼굴들을 다시 떠올렸다. 지금 이 모든 것을 다 이 몸에 영구히 욱여넣고 싶다. 아니 그보다는 좀더 구조적으로, 내 몸을 세로로 여러 번 쪼개 이 기억의 공기를 층층이 끼워넣고 싶다. 그래서 앞으로 내딛는 걸음걸음마다 이들이 내 에어조던이 되어주었으면 좋겠다고 생각한다. 세상과 와그랑 부대낄 때마다 공기층 같은 물렁뼈와 근육이 되어 나를 채워주었으면 좋겠다. 그렇게 하나가 된 나를 세상에 내딛고 싶다.

그래서 더 깊이 오늘의 만남과 얼굴들과 그 순간의 공기를 생각한다. 생각하면 할수록 더 많이 나를 떠나지 못하고 이 몸에, 세포에 남아주지 않을까 생각한다. 그들을 공기로 상정하고 나는 그것을 숨으로 들이켜 내 몸에 가두려 한다. 눈을 감아 지금의 시공간을 아까 그때로 되돌려 경험해보려 한다. 빈 백팩을 멘 채로 자연스럽게 바닥에 눕는다. 들이켠 공기가 누워 있는 내 몸을 지그시 눌러주는 압이 되어준다.

내가 다시는 떠다니지 않도록 나를 눌러주는 아주 부드럽고 안정적인 압.

내가 평생 갖고 싶었고 그리워했던 그 압.

I BAN JIHA

이반지하의
섭섭 세상

PART 2

●○

부치의 자궁

레즈비언 중에서 '부치'는 남자고, '펨'은 여자다.
하지만 부치의 중심부에도 아들을 낳기 위한 자리가 있다.

문장을 끝맺기조차 민망한 이 부조리함을, 늦지 않게 글로 빚어놔야겠다고 나는 생각했다. 계절은 분명 겨울에서 봄을 향해 부지런히 피어나고 있었지만, 또래 부치들의 자궁은 가을낙엽처럼 하나둘 앞다투어 떨어져나가고 있었다. 혈기왕성 어깨 힘을 바짝 넣던 스물셋, 스물다섯의 그들에게는 괜히 깐죽거리다 한 대 맞을까 차마 입에 올리지 못했던 그들의 자궁 이야기를, 별수없는 중년으로 무르익고 있는 지금이라면 약간은 허심탄회하게 나눠볼 수 있지 않을까 하는 생각이 고개를 들었다. 어차피 떨어져버릴 것이 확실해진 꽃잎이라면, 처음부터 꽃잎이 아니었던 것처럼, 혹은 언제든 떨어뜨릴 준비가 되어 있었던 것처럼, 조금은 남 얘기하듯 에둘러서라도 말해볼 수 있지 않을까.

주변의 적당히 오래된 부치들의 얼굴을 하나하나 떠올려보았다. 사생활 침해와 대상화를 예술이라 퉁쳐줄 기개를 가지고, 어느 정도 세월에 맞춰 정신과 몸의 불화를 체념한 채 기꺼이 나와 중심 얘기를 나눠줄 수 있을 만한 이들을 머릿속으로 추려나갔다. 딱 두 명 정도가 걸러져나왔다. 소수자 특유의 깊은 신파를 끌어내고 진솔한 사람 냄새를 맡아내기보다, 한낮의 금지된 농담이나 시시껄렁 히히덕거리고 싶었던 마음이 굴뚝같았지만, 주제가 주제이니만큼 약간의 인권과 진정성을 담아 샘플 글을 써 인터뷰 요청을 보냈다. 둘에게서 금방 회신을 받을 수 있었다. 회신 명중률은 백 프로였다.

● ○

한파가 절정에 치달은 겨울날, 서울의 어느 번화가였다. 켜켜이 껴입은 외투를 다시 한번 여며가며, 눈알까지 얼어버릴 듯한 추위 사이로 점점 가까워지는 하얗고 큰 물체를 눈을 가늘게 뜨고 지켜보았다. 시야 반경으로 들어온 흰 덩어리는 초점이 맞아가면서 점차 부분으로 쪼개져 사람의 몸과 팔이 되었다. 엉덩이께에서 쓱 끝나버린 흰색 패딩점퍼가, 속한 몸에서 벗어나고 싶다는 듯 거센 바람결을 따라 휘날리고 있었다. 하지만 거기서부터 쭉 이어져야 할 계절감은 엉덩이 밑으로 완전히 방향을 잃은 채, 쌩한 면 반바지와 맞닿아 있었다. 그리고 그것은 다시 무릎 밑 두툼한 민둥 종아리로, 찍찍 끌며 걷는 군함 같은 슬리퍼를 신은 맨발로 이어졌다. 앞지퍼가 잠기지도 않은 패딩점퍼와 한 겹의 얇은 반바지는 찬바람을 맞아 쉴새없이 요동치며 그의 몸을 휘돌아 들어갔다 나왔다를 반복했다. 나는 자연스럽게 생각했다.

미친놈인가.

아니, 그것은 그냥 열 많은 부처, 성 열性 熱이었다. 틈 없이 단단히 옷을 꿰어입고 영하의 추위에 덜덜 떨어대고 있는 사람들, 그 모든 남녀노소의 틈바구니 속에서, 그는 단연코 가장 남자다웠다. 얼음장 같은 날씨 속 수많은 사람들 중에서, 지금 당장 기꺼이 '여자'에게 외투를 벗어줄 수 있는 단 한 사람, 혹은 그의 외투를 얻어 입는 모두를 '여자'로 만들어버릴 바로 그 사람, 그것이 성 열이었다. 나는 평범한 보통의 헤테로 사회 한복판에서 숨길 수 없이 뿜어져나오는 그의 야생적 남성성에 감탄하며 그에게 다가갔다. 이런 그에게 자궁이 있다는 것을 이중 몇 사람이나 알까 싶어, 내심 혼자 극비문서를 몰래 훔쳐본 양 우쭐한 마음이 들기도 했다. 오랜만에 만나는 그에게 반갑게 인사를 하고, 인터뷰에 응해줘서 고맙다는 인사를 다시 한번 건넸다.

○○

세상에 '남자다움'이 있고, '남성성'이라는 것이 있다면, 그것을 재료로 성 열은 빚어졌다. 사십 하고도 오 년을 살아오는 동안 꾸준히 남자 역할을 도맡아온 그의 곁에 서면, 법적/불법적 성별을 불문하고 누구든 자연스럽게 상대적 여자가 되었다. 그래서 아마도 신은 태초부터 그의 중심에 굳이 남성을 빚어놓지 않았다고 나는 생각했다. 하지만 비워두지도 않았다는 것은 문제였다. 차라리 아무것도 없었다면 나았을 그 자리에 애꿎은 아들 자리를 만들어놓은 것은, 인류 멸망을 예비한 조물주의 지독한 유비무환.

그렇게 성 열은 이쪽 세상에서 '부치'라는 이름을 얻는다.

　　— 레즈비언 커뮤니티에 들어왔더니, 저는 그냥 '부치'가 되어 있었어요. 내가 뭐라고 말을 하기도 전에 다 나를 '부치'라고 하더라고.

　　그랬을 것이다.

　　— 아무도 저한테 '부치냐 펨이냐' 이런 질문을 하지 않았어요. '전천'이냐고도 안 묻더라.

　　하지만 이토록 한 치의 의심도 없이 '부치'로 여겨지는 성 열도, 누가 그를 '너는 부치'라고 딱 잘라 분류하는 것에는 거부감이 든다며 목소리를 높였다. '남자/여자' 중에 성별을 선택하라는 각종 서류를 마주할 때만큼이나, '부치'라는 말 하나로 자신의 삶을 납작하게 파악하려는 시도가 불쾌하다는 얘기였다. 제법 정치적으로 어쭈 올바르기도 하고, 어디서 젠더 좀 배웠네 싶은 소리였지만, 나로서는 조금 아리송한 부분이 있었다.

　　— 근데 이 글 주제가 〈'부치'의 자궁〉이라고 처음부터 말씀드렸는데,

흔쾌히 인터뷰에 응해주셨네요?

성 열이 종갓집 둘째아들마냥 시원스럽게 웃으며 답했다.

─ 웃기잖아요.

성 열을 처음 만난 것은 내 안의 페미니즘이 알알이 영글어가던 20대 초반의 일이었다. 그가 자리해 있던 호프집 칸막이 안쪽으로 들어선 순간 '읏─ 이게 뭐지' 싶을 만큼 강렬한, 분명 거세되었겠으나 탄탄한 수컷의 향기가 주변 공기를 압도했다. 연신 깊은 속담배를 피우며 말술을 먹어대는 그를 보고 있자니 '이놈은 진짜다'라는 느낌이 단박에 들었다. 페미니즘 곁을 맴돌며 미움받지 않을 정도로만 눈치껏 얌시럽게 사내 짓을 하던 대다수 부치들과는 달리, 여자라는 법적 명명도 가리지 못한 타고난 사내다움이 그에게는 있었다. 그리고 그것이 말도 못 하게 자연스러웠다. '그'다웠다.

말하자면 '부치'적으로 타고난 것이 많은 그였다. 평균 크기의 좆만한 대한민국 국민이라면 쉽게 함부로 하지 못할 덩치를 타고났고, 그에 맞게 힘도 좋았다. 살면서 남자 목소리가 필요할 때

내가 제일 먼저 떠올리는 사람인 만큼 그의 목소리는 흠잡을 데 없이 걸걸하기까지 했다. 그런 성 열이, 그냥 막 보여달랄 수도 없고 듣는 나도 존재를 믿기 힘든, 자기 몸의 '자궁'이라는 놈을 어떻게 받아들일 수 있었을까.

어린 숙녀들을 악동들로부터 지켜주지만 '절대로 선빵은 날리지 않는다'는 자기 원칙이 있었던 멋쟁이 꼬마 신사 성 열, 그가 난생처음 자궁의 존재를 알게 된 것은 초등학교 성교육 시간이었다. 그때 이후로 자궁은 곧 생리였다. 여중을 다니던 시절 '여자는 생리해야 어른'이라는 말을 내내 듣고 자란 탓에, 남들보다 늦은 중학교 3학년 무렵 초경을 하기 전까지는 또래 여자애들보다 '덜 컸다'는 느낌이 견딜 수 없이 싫었다. 하지만 다 큰 어른의 생리통은 무척 지독했고, 너무나 규칙적이었으며, 바지를 버리고 곤란한 뒷수습을 해야 할 때가 많아 힘들었다. 동성애 혈기가 뻗쳐올랐던 20대에는 성생활을 방해하고 가오를 무너뜨리는 생리가 정말 싫었다.

―아니 소개팅하고 있는데, 눈앞에 있는 펨한테 나 지금 생리 터졌다고 생리대 빌려달랄 수는 없잖앗하하하하하하!

나는 적당히 따라 웃었다.

20대 후반이 됐을 때는 부치 친구들과 '쓸 일도 없는 자궁, 떼고 싶다'는 얘기를 나누기 시작했고, 생리를 끊기 위해 팔뚝피임 시술을 고려하는 이들도 하나둘 보이기 시작했다.

— 무엇보다 (자궁이) 내가 평생 쓸 일이 없는 기관이다, 라는 생각이 제일 컸던 것 같아요.

그런 성열이 30대 중반으로 나아가던 2012년 3월 14일, 어째서인지 화이트데이의 일이었다. 헤테로 여자 둘과 강남에서 얼큰하게 술 한잔을 하고 집으로 돌아온 성열은 밤새 배가 아파 잠을 이루지 못했다. 오른쪽 아랫배에 난생처음 겪는 강한 통증이 밤새도록 지속됐다. 입사한 지 얼마 되지도 않은 회사에 어렵게 휴가를 내어 아침까지 누워 있다가, 통증이 조금 나아진 오후에 겨우 몸을 일으켜 동네 내과로 향했다.

푸석해진 얼굴에 평소처럼 야구모자 하나를 눌러쓰고 기어가듯 찾아가 만난 동네 내과 의사는, 안타깝지만 당연하게도 성열의 아픈 배보다 그의 외모에 더 관심이 많았다.

—"왜 이렇게 남자처럼 하고 다녀요?"라는 질문만 정말 서너 번을 했어요.

평범한 내과 의사의 입장에서는 눈에 보이지 않는 복통보다, 환자의 서류와 완전히 불화하고 있는 눈앞의 젠더 트러블이 훨씬 더 시급한 문제라고 느꼈겠다 싶었지만, 자리가 자리니만큼 나는 말을 아꼈다.

성 열은 치밀어오르는 화를 누르고, 모든 일을 오늘 안에 처리해야 하는 단 하루의 휴가를 낸 성숙한 신입사원의 마음에 집중하여, 얼른 소견서만 받아 그곳을 나왔다고 했다.

—바로 근처 대학병원에 갔는데, 거기 의사는 통증이 어젯밤보다 나아졌으면 맹장이 아니라고 하데요. 맹장은 계속 아프다고요. 결국 CT를 찍더니 빨리 산부인과로 가라더라고요. 큰 혹이 있다고. 생리통이랑도 전혀 다른 느낌이라 산부인과 관련으로 이렇게 배가 아플 수 있다는 건 생각도 못 했어요.

직장생활을 하면서 건강검진을 이미 몇 번 해봤기 때문에, 성 열은 산부인과 자체에 큰 거부감이나 낯선 감각을 가지고 있진 않앉다. 어릴 적 엄마 교회 친구 딸이 난소암으로 양쪽 난소를 제거한 얘기를 듣기도 해서, 자궁 건강은 반드시 '정기적으로 체크해야 하는 것'이라는 생각도 상식처럼 갖고 있었다고 했다.

　—나는 건강검진 때마다 한 번도 안 빼먹고 했어요.

성 열이 어깨를 펴고 고개를 왼쪽으로 가볍게 까딱 꺾으며 말했다.

나는 성 열이 이토록 남자 된 모양을 하고도 일찍부터 산부인과에 보호자가 아닌 환자로 드나들었다는 것이 놀랍기도, 기특하기도 했다. 멀쩡한 대한민국 숫처녀들도 하기 쉽지 않은 일을, 성 열 같은 인물이 꾸준히 하고 있었다는 것은 분명 격려받아 마땅한 일이었다. 뭐랄까, 자기 몸을 사랑할 줄 알았달까.

나는 놀랍고 대단하다는 호들갑을 떨며 준비된 여자 리액션을 해주었다. 성 열의 표정이 어딘지 모르게 부드러워졌다.

　—사실 대부분 부치들이 산부인과 가는 거 진짜 싫어하거든. 산부인과 한 번도 안 가본 부치 진짜 많아.

성 열은 이제 대놓고 거드름을 피우며 말하고 있었다.

— 근데 나는 그러는 개들도 웃겨.

나는 천천히 눈을 깜빡이며, 왜 그러하냐고, 최대한 천진한 톤으로 물었다. 두툼한 구릿빛 팔 두 개를 점잖게 낀 성 열이 당연한 얘기를 한다는 듯 살짝 턱을 들며 말했다.

— 달려 있는 걸 모른 척한다고 그게 없어지나? 나는 자궁이 내가 모르는 사이에 병이 생겨서 내 몸을 통제한다는 게 더 싫어.

당시 성 열은 산부인과의 단골 문턱 질문인 '성관계 경험 유무'에 대해, 상대의 성별을 밝힐 필요 없이, 그저 '있다'고만 하면 된다는 것도 잘 알고 있었다. 몇몇 섣부른 성소수들이 이 단계에서 줄줄이 누구도 원치 않는 눈물의 커밍아웃을 한다는 걸 생각하면 그는 분명 꽤 능숙한 축이었다.

하지만 그런 그에게도, 자신의 난소 안에 지름 12센티미터의 혹이 있다는 것은 큰 충격이 아닐 수 없었다. 나는 성 열이 꾸준히 검진을 받는데도 그렇게 큰 혹이 자라는 걸 몰랐다는 것이 의아

했다.

　　—내가 이직할 때, 퇴사, 입사 사이에 검진 공백이 있긴 했어. 그리고
그 진단 받기 3, 4년 전에 초음파검사에서 한 번 뭐가 보인다고 한
적이 있긴 했거든. 근데 그때 의사가 뭐지? 뭐지? 막 이렇게 고민하
다가, 결국 '똥'이라고 결론 내렸었어.

　　나는 팔자 눈썹을 만들어가며, "아아, 또옹"이라고 추임새를
넣었다.

　　—내 생각에 그때 그거가 사실 이거(혹) 아니었을까 싶어.

　　그는 운좋게도 진단 바로 다음날 빈 시간에 수술을 잡을 수
있었다. 의사는 혹을 제거하기 위한 수술이긴 하지만 여차하면 난
소 전체를 제거해야 할 수도 있다며, '미혼 가임기 여성'인 성 열의
수술을 하기 위해서는 친족 보호자의 서명이 반드시 필요하다고
못박았다. 성 열은 비교적 원만한 관계를 유지하고 있던 남자 형제
에게 연락했다.

─오빠하고 같이 가서 보니까, 서류에 '보호자 확인란' 같은 게 따로 있는 건 아니더라고. 그냥 서류 귀퉁이 빈자리에 이름 쓰고 사인시키더라. 그래서 그게 진짜 꼭 필요한 의무적 절차였는지는 지금도 모르겠어요.

무사히 수술을 마친 성 열은 회복실을 거쳐 2인 병실로 보내졌다. 이동식 침대에서 병실 침대로 몸을 옮겨야 했는데, 당시 성 열은 애인이나 보호자도 없이 혼자였던데다가 성 열의 큰 몸이 쉽게 들리지도 않아 담당간호사의 애를 먹였다고 했다. 결국 간호사가 침대 두 개를 나란히 붙여만 주고, 성 열이 스스로 몸을 굴려 빙그르르 침대에서 침대로 직접 이동했다.

─남자 간호사가 힘이 드럽게 없더라고.

그때를 회상하던 성 열은 입술 주변 근육을 약간 일그러뜨리며 하찮다는 듯 말했다.

비몽사몽 하룻밤을 보내고 다음날 아침이 되자 의사 셋이 회진을 돌았다. 성 열의 침대에 다다른 의사들 중 하나가 비장하게 입을 뗐다.

─부득이하게, 오른쪽 난소를 제거할 수밖에 없었습니다.

성 열은 답했다.

─네.

바로 뚱하게 답을 하고 귀찮다는 듯 돌아누우려던 성 열은, 문득 방안 의사들의 눈 여섯 개가 한 번에 커지는 것을 보았다고 한다. 잠깐의 정적 뒤, 말을 했던 의사가 성 열의 안색을 살피며 "환자분의 난소 하나를 제거했다"는 얘기를 다시 한번 길게 반복했다.

─네, 알아들었다고여.

성 열도 다시 한번 퉁명스럽게 답했다. 이미 성 열은 난소가 하나라도 있으면 호르몬 문제도, 사는 데 큰 지장도 없다는 걸 알고 있었던데다가, 수술 후 지친 몸을 쉬고만 싶었기에 왜 의사들이 얼른 병실을 나가지 않는지 짜증스럽기만 했다. 하지만 세 명의 의사들은 이 걸걸한 미혼 가임기 여성 환자가 자신의 소중한 난소 하나를 잃은 상황을 제대로 인지하고 있는 게 맞는지, 혹 충격으로 현실 부정중인 것은 아닌지, 그후로도 한참을 혼란스러워하다 주저주저 병실을 나섰다.

나는 생리통으로 고생도 많이 했고, 자궁을 쓸 일도 없다고 하는 그가 혹시 난소를 포함한 자궁 전체를 탈거할 생각은 없었는지 궁금해졌다.

—자궁을 떼면, 뭐라 그러나, 배에 힘이 없어진다고 하나? 그래서 전체를 다 뗄 생각은 안 했어요.

성열은 딱 잘라 말했다. 나는 메모하던 노트에 '자궁'과 '힘'이라는 글자를 쓰고, 그 사이에 짧은 줄 두 개를 위 아래로 나란히 쓱쓱 그었다.

● ○

—일단 술이 엄청 약해졌다는 거? 전처럼 술을 먹으면 갑자기 필름

이 끊기더라고요.

어쩌면 그에게 난소는 혹부리 영감의 노래주머니처럼 무한히 술을 담아내는 표주박 같은 것이었을지도 모른다. 술주머니 하나를 잃은 성 열은 이전처럼 마음껏 술을 퍼마실 수는 없게 되었다고 했다. 평생을 튼튼한 외모로 자타가 공인하는 건강 체질이라 믿었던 자신이, 몸의 장기 하나를 떼내야 할 정도로 문제가 있는 상태를 오랫동안 알아채지 못했다는 충격도 컸다. 그때 이후로 성 열은 몸에 조금만 이상이 느껴지면 바로 병원에 가는 사람이 되었고, 난생처음 자진해서 보약을 지어먹기도 했다며, 비슷한 유의 않는 소리를 한참 했다.

—그럼 담배는?
—퇴원하고 집에 오자마자 피웠지.

뭔가 욱했지만 나는 다시 주제에 집중했다.

—그럼 수술하고 나서 생리통은 좀 없어졌어요?
—생리통은 그냥 회사 그만두니까 없어지던데.

2012년의 오른쪽 난소 제거 수술 이후에도 성 열은 자궁근종으로 당일치기 수술을 한 번 더 했고, 코로나 2차 백신을 맞고는 뜻 모를 생리 폭발을 겪기도 했다. 현재는 어쩐지 두꺼워진 자궁 내벽 탓에 부정출혈이 잦아 생리대 값이 많이 들며, 흰 반바지를 입기 어려워졌다는 찝찝한 근황을 담담히 전했다.

● ○

어릴 때부터 아빠 넥타이를 매었다가 한 손으로 훅 당겨 푸는 게 좋았고, 면도가 너무 좋지만 얼굴에 털이 없어 다리털을 종종 민다는 성 열은, '남자'가 되고 싶은지는 잘 모르겠다고 했다. 중학교 때부터 멋을 내야 하는 날이면 가슴에 압박붕대를 감는 것으로 시작했다는 성 열은, 사실 평생 자궁보다 가슴이 있다는 게 훨씬 더 별로였지만, 주변의 다양한 젠더 트러블 친구들과 더불어 마흔 중반을 향해가는 지금에 와서는, 그것마저 '그냥 내 몸은 그런가보다' 하고 받아들이게 되었다고 했다.

—역삼각형 몸에 근육질이고, 자궁에 가슴까지 있으니까…… 특이하죠, 뭐.

135

그랬다. 말하자면 있을 거 다 있는 부치가 바로 성 열이었다.

성 열을 만나고 돌아오는 길, 나는 오늘 그가 자신의 자궁 얘기마저 참 남자답게 풀어주었다는 생각을 했다. 오늘 만난 성 열은 자궁의 존재를 자신의 여러 신체 장기 중 하나로 딱 잘라 이해하고 있었다. 생리하는 것이 괴롭고, 왜 자기 같은 사람에게 자궁이 있는지 이해할 수는 없지만, 어쨌든 달고 태어난 이상 건강하게 관리해야 한다는 이성적이고 사무적인 그의 태도가 여자 같지 않고 인상적이었다.

성 열의 인터뷰는 시작부터 끝까지 아주 매끄럽게 진행되었는데, 그 점은 만족스럽기도 하고 아쉽기도 한 부분이었다. 성 열과 자궁 사이에 더 많은 모순과 생생한 반목을 기대했던 나로서는 지금의 그가 생각보다 자궁과 너무 사이좋게 잘 지내고 있는 것 같아 내심 실망스럽기도 했다. 하지만 그가 자궁을 본격 대면하고 난소 수술을 한 것이 벌써 10년도 전이라는 것을 생각하면, 각종 격렬한 감정이나 구구절절한 트러블 사연은 이미 그 시간 동안 어느 정도 소화가 거의 됐을 법한 것도 사실이었다. 그렇게 소화를 마친 이야기는 분명 그의 삶에 적잖은 평화를 가져다주었겠으나, 글을 쓰는 내 입장에서는 신선한 비정상성이 부족한 것 같아 조금 아쉬움이 들었다.

● ○

—**어, 왔나?**

특유의 강한 지역색을 뿜어내는 억양이 반갑게 나를 맞아주었다. 여느 때와 다름없이 밝고, 약간은 촐랑대는 에너지가 열린 문 틈으로 비집고 나오는 듯했다. 집안으로 들어서자, 내가 몇 주 전 선물한 고양이 스크래처가 거실 한쪽을 당당히 차지하고 있는 것이 눈에 들어왔다. 언뜻 보기에도 이미 사용감이 완연한 모양새에 '그럼 그렇지' 하며 흡족한 기분을 감출 수 없었다. 명중해버린 나의 쇼핑 기술에 대단한 만족감이 들었다. 부모보다 자식새끼한테 잘해야 점수를 배로 받는 것은 종에 무관하게 적용되는 범성애적 룰이었다. 이제 막 중성화를 마친 그 집 고양이를 바라보며, 나는 가족끼리 공감대가 제법 있겠다 싶었다.

···

　그 문자가 온 것은 2021년 6월의 일이었다. 친한 사이였지만 평소 살갑고 오밀조밀한 문자를 주고받는 스타일은 아니었기에, 그에게서 오는 문자는 보통 가벼운 안부 이상을 의미했다. 그렇다고 그가 보내는 모든 문자가 묵직하고 더운 커밍아웃인 것은 아니었지만, 적어도 '에궁 나 심심' 이상의 내용물을 담고 있을 확률이 높았다.

　—혹시 산부인과 개않은 데 아나?

　짐짓 캐주얼한 척 도착한 문자의 톤을 읽고, 나 역시 대수롭지 않은 척 동네 산부인과 이름 하나를 찍어 보냈다. 극강의 진료 대기시간과 원장이 풍기는 기묘한 광기가 있어 강력 추천까진 아니지만 딱히 대안이 없어 다닌다는 말도 덧붙였다. 사실 일평생 외길 부치에 10년 차 일처일처제로 살며 단 한 번도 산부인과를 가본 적 없는 그가 '기적 같은 여여女女 임신' 같은 것이 아니고서야 쉬이 그 문턱을 넘으려 할 리 없다고 생각했다. 하지만 이런 때일수록 꼬치꼬치 캐묻기보다는 신속하게 병원까지 소몰이를 해대는 게 급선무라는 생각이 직감적으로 들었다.

　—그기가 '감수성'은 쫌 있나?
　—'감수성' 같은 건 모르겠고, 근데 뭐 이 동네 레즈들이 커밍 좀 안
했겠냐. 걍 다녀와라.

　가기 싫다는 그의 궁시렁과 나의 아 쫌 같은 말들이 몇 번 오
가고 나서야 그날의 문자 교환은 멈췄다.
　그때 나는 알지 못했다. 그날이 그가 온전한 자궁으로 나와
문자를 주고받는 거의 마지막날이 되리라는 것을.

　당시 그는 몇 달간 생리가 멈추지 않아 어쩔 수 없이 난생처
음 산부인과에 가야겠다는 생각을 했다. 하지만 그러고 나서도 진
료 예약 당일까지 어떻게든 안 가보려고 뭉개고 뭉개며 집에서 자
전거를 닦다가 애인에게 욕을 버럭 얻어먹고서야 쫓겨나듯 집을
나섰다.
　우여곡절 끝에 처음으로 의료기를 통해 조우하게 된 그와
그의 자궁은 몸 중심에 뭐라도 돌출 부위를 생산하려 한 듯, 혹이
면 혹, 근종이면 근종, 거의 세상 모든 것을 품고 있었다고 해도 과

언이 아니었다. 40년 넘게 존재를 외면당한 자궁은 어떻게든 몸 주인의 관심을 끌어보기 위해 갖가지 변태를 시도했지만, 결국 그 시도 자체가 영원한 퇴출의 빌미가 되어버리고 말았던 것이다. 세상의 어떤 자궁은 주인과 눈 마주칠 순간만을 평생 고대하다가, 그 소원을 이루자마자 바로 눈을 감아야 하는 운명을 갖고 세상에 온다. 이런 자궁에도 팔자라는 것이 있다면 그것은 아마도 물망초, 나를 잊지 말아요.

그와 자궁은 즉각 대학병원으로 보내졌다. 그리고 곧바로, 없는 쇠뿔이라도 단김에 빼려는 듯, 마치 평생을 기다려왔다는 듯, 속전속결로 자궁 적출 수술 날짜가 잡혔다. 수술 소식을 전해온 그는 대학병원 산부인과에서 벌써 저 같은 부치를 둘이나 보았다며 다소 고양된 모습을 보였다. 자신이 선택한 의료 환경에 대한 묘한 신뢰감을 일찌감치 형성한 듯했다. 나는 요양 생활을 앞둔 그를 위해, 온라인 서점에서 책 하나를 골라 퇴원 날짜에 맞춰 집으로 보냈다. 서울시 ○○구 ○○동 ○○-○번지 ○○호, 성확정性確定 앞.

●○

성확정은 과거 이반지하의 라이트한 팬이었다가 오랜 세월을 통해 소리소문 없이 자연스레 친구 자리를 꿰찬 인물이었다. 퀴어 커뮤니티 안에서 '친구'와 '지인', '팬' 사이의 경계가 뚜렷하지 않았던 10여 년 전부터 맺어진 인연인 셈이었다.

처음 만났을 때부터 그는 첫눈에 '대충 부치'겠거니 싶은 모양새를 하고 있었다. 그가 레즈바 뒷골목 줄담배 스타일이나 살림왕 곰돌이류의 우직하고 덩치가 좋은, 대놓고 든든하거나 푸근한 부치였던 것은 아니었다. 타고난 근질이 훌륭한 호리호리한 몸에 태초부터 잘 그을린 피부를 가지고 날렵한 쌍도 사투리를 구사하는, 그러면서도 젠더 트러블 특유의 내적 공함이 보이지 않아 '진짜 남자' 냄새가 나는, 이 바닥에서 은근히 보기 드문 부치가 바로 성확정이었다.

이쪽 세계에 오래 있다보면 알게 된다. 자의 반 타의 반으로 '내가 부치다'라는 것을 온몸으로 주장하는 성 열과 같은 이들이 있는가 하면, 뭔지 잘 모르겠지만 굳이 고르자면 '펨은 아닌 것 같아서' 어물쩍 부치 쪽에 서야 하는 어정쩡 등 굽은 이들도 있다는 것을.

그런 면에서 굳이 나누자면 성확정은 후자 쪽이었지만, 사실 그가 '부치'라는 명칭을 대놓고 거부하거나 역으로 자신의 것으로 여기는 모습 같은 것을 본 적은 없었다. 아무래도 좋거나 썩 곤란하지 않으면 그냥 넘어간다는 눈치였다는 게 좀더 정확한 묘사일 것이다. 나는 그와 함께하는 자리에서 자주 '남자가 껴서 불편하다'고 농을 치며 그의 '부치성' 혹은 '충분히 여자 아님'을 지적하곤 했는데, 그럴 때에도 그는 항상 껄껄거리며 웃기만 했다. 나의 뒤틀린 남자 대접을 대놓고 싫어하지도, 눈에 띄게 반기지도 않는 그는 대체 어떤 존재인 걸까.

인터뷰 자리를 빌려 성확정에게 명확한 단어로 또박또박, 본인이 '부치'인지를 물었다.

—저는 으외로 부치, 펨 단어를 싫어해요. 저 스스로 나 부치! 이렇게 얘기를 안 하는 편이고, 으쨌든 이게 잉간적으로 남자, 여자 나누는 것도 싫은데 내가 나서서 부치다, 페엠이다 이러는 게 느무 싫은 거예요. 이분법즉 같고⋯⋯

나는 작게 하품하며 진심으로, 속으로도 그렇게 생각하냐고 다시 물었다.

—쪽으로는 나누재……

나는 성 열의 인터뷰 때와 똑같은 의문이 들었다.

—이 글 제목이 〈'부치'의 자궁〉이고 제가 보여드린 글 샘플에서도 성확정씨를 '부치'로 잡고 가는 거 보셨잖아요, 그건 괜찮으세요?

—네~

그는 스스로가 '부치다'라고 말하진 않지만, '부치로 여겨지는 것'이 싫지는 않은 모양이었다. 자기 입으로도 사실 펨들이 자신을 '부치'라고 할 때는 기분이 좀 좋다고 했다. 자신이 '중성적'이라는 것, 또 이 연애 시장에서 '연애 상대'가 된다는 것을 확실히 확인받는 느낌이 든다는 것이 이유였다. '부치'라고 여겨지는 것은, 상황에 따라 '매력 있다'는 의미가 될 수도 있다는 얘기였다. 그는 뒤이어 이런 말을 덧붙였다.

—내가 어딜 갔는데, 만약에 '남자'로 패애씽*이 됐어, 그러면 쫌 불편하면서도 좋아. 근데 여자로 패애씽이 되면, 맞긴 맞는데 쫌 서운한 거.

---

* 패싱passing을 말한다. '겉으로 ~로 보이다, 여겨지다, 넘어가다'라는 의미(출처: 내 생각). 예) 혜테로 패싱됐어.=이성애자처럼 보였어, 사람들이 나를 이성애자로 여기고 넘어갔어.

그러고 보니 성 열도 길에서 공놀이를 하던 아이들이 "아저씨, 공 좀 던져주세요" 하면 코 쓱 하고 던져줘도, "아줌마, 공 좀 던져주세요" 하면 뭔가 기분이 상한다는 얘기를 했다. 둘 다 이상한 놈들이긴 했지만, 이쯤 되니 왠지 모르게 알 것 같은 기분이 들기도 했다. 그래도 너무 얘네들에게 딸려가면 안 된다는 생각에 마침 무음으로 켜져 있던 거실 TV 속 헤테로 커플에 잠시 눈을 뒀다가 침착하게 질문을 이어갔다.

— 그냥 넌 트랜스 아니냐?
— 내는 수술은 싫다!

그에게는 성기 재건 수술까지를 원하는지 아닌지가 '남성' 트랜스젠더 문턱의 기준인 듯했다. 성확정은 어릴 때부터 '남자' 자체를 안 좋아했기 때문에 '남자'가 되고 싶은 생각은 전혀 없다고 했다. 무엇보다 '가슴이 흔들리는 것도 싫은데, 중심이 흔들리는 것은 더 싫다'는 것이 성확정만의 기발한 신체감각이었다. 그런 이유로 압박셔츠를 좋아한다는 그에게, 중심 압박 속옷이 나와도 싫으냐고 하자 그의 눈빛은 잠시 흔들렸다.

●○

—이 자궁은 살리기 힘들겠어요. 어차피 결혼 생각 없으시잖아요?

그의 자궁을 살펴본 대학병원 의사의 첫마디였다. 어떤 타이밍에서 의사에게 커밍아웃을 해야 할지 안절부절못하고 있던 성확정에게 의사는 이미 모든 걸 알고 있다는 듯 말했다고 한다.

—산부인과 으사들이 내 같은 애 한두 번 봤겠나? 으사들은 딱 보면 안다!

흐르는 세월의 층위가 몸의 표면에 켜켜이 쌓여감에 따라, 어떤 부분은 더이상 감추거나 드러내는 선택지를 넘어 그저 존재하게 된다. 성확정 역시 어느새 더이상 자신이 무엇인지를 소리내어 말하기도 전에 너무 많은 정보가 무던히도 외모에서 풍겨나와 버리는 사람이 되어 있었던 것이다. 그날따라 하필 '레쓰비' 커피를 먹고 나와 피검사를 하지 못한 성확정은 그 다음주에 한 번 더 같은 의사를 만났고, 유능한 축을 가진 그 의사는 이번에도 성확정의 인생을 한눈에 꿰뚫어보기라도 한 듯, 그가 절대로 그냥 넘겨버릴 수 없는 한마디를 던졌다고 한다.

— 떼시죠. 다시는 산부인과 올 일 없게 해줄게.

애초에 자궁에 어떤 미련도 없던 성확정이긴 했지만, 너무도 상부치 같은 의사의 저 말 한마디에는, 자신이 평생 온전히 언어화할 수 없었던 오랜 체증 하나를 거의 처음 본 누군가가 한 번에 알아주고 씻어내주는 듯한 깊은 울림이 있었다고 했다. 얘기를 전해 듣는 내 입장에서도 저 말은 자궁인이라면 결코 쉽게 흘려버릴 수 없는 말이라는 데 그와 마음을 같이할 수밖에 없었다. 이때 이미 성확정의 난소 수치는 같은 나이대 평균에도 한참 못 미쳐 어차피 못 쓰는 상태였고, 의사는 자궁을 제거하지 않고 남겨둔다고 해도 각종 질환이 재발하기만 할 것이라며 적출을 권했다.

사십하고 삼 년의 생에서 한 번도 자궁이 '내 거'라고 생각해본 적 없던 성확정은 이때 처음으로 자궁 공부를 시작했다. 이미 적출 쪽으로 마음이 기운 상태였지만, 어쨌든 전신마취를 해야 하는 큰 수술이고 관련 후유증에 대해서도 알아는 둬야 한다고 생각했기 때문이었다. 곧장 근종힐링카페에 가입한 그는 다양한 사례와 정보를 학습했고, 관련 수술 경험이 있는 주변 친구들을 수

소문하여 조언을 구하고 다니기 시작했다. 이미 20대 후반에 관련 수술을 두 번이나 받은 유교 부치 친구는 "어떤 자궁이라도 세상에 온 이유가 있다: 신체발부수지부모身體髮膚受之父母"라며 적출만은 끝까지 말렸다. 한때 근종이 서른 개가 넘었던 펨 친구는, 자신은 처음부터 적출을 원했으나 담당의사가 '윤리적 이유'로 계속안 해줬고, 결국 근종이 여러 번 재발하고 나서야 겨우 할 수 있었다며, 떼준다고 할 때 얼른 떼라고 조언했다. 성확정의 상황을 뒤늦게 알게 된 이웃 게이 의사는 "나랑 상의하고 좀 천천히 하자"며 그의 '트랜지션transition'을 적극 돕겠다는 말을 전해오기도 했다.

○ ●

―안 그래도 하실 것 같아서 잡아놨어요.

자궁 적출 결심을 했다는 성확정에게 의사가 심드렁하게 로봇 수술 날짜를 알려주었다. 수술 후 급격하게 갱년기가 올 수 있지 않냐는 성확정의 질문에는 "그냥 남들보다 한 5년 빨리 꺾이는 거지, 뭐"라는 쿨파스 같은 답이 돌아왔다.

─으사가 내랑 스타일이 잘 맞았다.

성화정은 고민 없이 수술대에 누웠다. 비록 수술 전 막내 간호사가 그의 아랫도리를 구석구석 말끔히 제모할 것이라는 사실은 알지 못한 채였지만, 적어도 수술 자체에는 호젓한 마음을 갖고 있었다. 그는 애인을 보호자로 지정하고, 왼쪽 난소 하나를 제외한 전자궁절제술을 받았다.

─내는 난소가 이미 기능을 몬 해서 사실 다 떼도 되긴 했는데, 수술 담당으사가 호르몬 생각한다고 하나는 냄깄다.

때늦은 자궁 박사가 된 성화정은 나에게 자궁과 난소에 대한 설명을 늘어놓기 시작했다. 결론적으로 그의 자궁 자체는 각종 질환들 때문에 제거해야 했고, 이미 수치도 낮고 호르몬 분비도 미약하지만 수술 후 생길 수 있는 각종 후유증과 신체적 타격을 덜기 위해 왼쪽 난소 하나는 살려두게 되었다는 얘기였다.

─근데 하나를 냄겨서, 그기에 또 병이 생길 수 있다 카대. 참내, 처음 그 검사해준 여자 으사였으면 다 떼줬을 낀데.

그는 모든 것을 한 번에 다 털어내지 못한 것이 못내 아쉽다는 듯 쯧 소리를 냈다.

　　　　　　　● ○

　―여서 보여주께. 이봐라. 음청 징그룹다야.

핸드폰 앨범을 한참 뒤지던 성확정은 팔을 최대한 멀리 쭉 뻗고 나서야 화면을 내 쪽으로 돌려 사진 하나를 보여주었다.

　―신기하재? 대창 굽기 전에 딱 이릏게 생깄다.
　―그게 니 자궁이라고?? 그냥 악마 아니냐??

사진 속에는 검붉은 색깔의 딱 뭐라고 모양을 설명하기도 힘든 괴상하고 끔찍한 덩어리 하나가 찍혀 있었다. 죽음, 악마 그런 말을 주제로 흙을 빚는다면 저렇게 나오겠다 싶은, 40년간 저주의 말만 듣고 자란 양파 같은 것이 거기 있었다. 나는 그것이 성확정의 적출된 자궁이라는 것도, 또 무려 그 사진을 폰에 가지고 있는 성확정이라는 눈앞의 인류도 믿을 수가 없어 드물게 잠시 할 말을

149

잃었다. 그의 말에 따르면 수술중 의사가 적출된 자궁을 지퍼락에 넣어가지고 나와, 보호자로 지정된 애인에게 확인을 시키고 사진을 찍게 했다는 것이었다.

　—니 애인은 뭔 죄로 그런 일까지 해야 되냐?
　—그르게 말이다.

　그는 멋쩍게 웃었지만, 나는 돌연 성확정에게 딸을 뺏긴 애비의 심정이 되어 가슴이 미어져오는 것을 느꼈다. 성확정의 애인도 누군가에게는 어느 정도 귀한 딸자식일 텐데, 여자 비슷한 거 하나를 잘못 만나 이런 꼴까지 봐야 한다는 것에 마음이 깊게 아파왔다. 시작은 고작 여자로 태어나 여자를 좋아한 죄 정도였을 텐데, 각종 젠더 트러블 수발도 모자라 맨눈으로 적출된 자궁을 보고 촬영까지 해야 하는 삶이라니, 하늘은 도대체 언제 동성애를 용서할 텐가. 아니, 이 사랑이 아직도 동성애이긴 한가.

　—그라고 나서 야도 바로 수술했다 아이가.

　성확정은 곁에서 스크래처를 뜯고 있던, 한때 아들이었던 고양이를 억지로 안아들고 거칠게 머리를 쓰다듬으며 말했다. 이제 이 집에 중성이 둘이나 있다는 말도 속없이 껄껄 웃으며 덧붙였다. 그렇다. 이제 이 가정의 과반수는 중성화를 마쳤고, 아직 직장에서 돌아오지 않은 성확정의 애인만이 자신의 타고난 성 기관들을 유지한 채 세상이 특정할 수 있는 성별로 살고 있는 것이었다.

　수술 후 성확정은 한동안 차에 타는 것이 무척 힘들었다고 했다. 과속방지턱을 지날 때를 비롯해서 차가 덜컹거릴 때마다 몸 안의 장기가 자리를 잡지 못해 요동치는 고통이 아주 컸다. 하지만 수술 후 3개월이 지나고부터는 거의 예전과 크게 다를 바 없는 생활이 가능해졌다. 다만 전보다 근육이 많이 빠졌다는 느낌, 머리카락이 얇아진 느낌, 뭔지 모르게 몸이 한풀 꺾인 느낌은 자주 든다고 했다.

　—근데 이게 그냥 이 나이에 오는 노화인지 수술 후유증인지는 정확히 모르겠어.

그에게 적출 선배로서 수술을 추천하는지 물었다.

　—일단 내는 무조건 추츤이야.

성확정이 갑자기 목소리를 높였다.

―부치들한테는 느무느무 추천이야. 떼고 난 후에 갱년기가 온다,
이런 거보다 당장 떼는 게 훨씬 중요한 그기 때문에.

왜 그렇게 떼는 게 중요하냐 묻자.

―그냥 싫다! 일단 내한테 필요 없는 거고, 생리하는 거 누가 좋아하
노? 우리는 읎으야 할 걸 가지고 태어난 기라.

그는 제법 주장도 하나 펼쳤다.

―병원에서 '임신 가능성' '윤리' 어쩌고 하면서 안 떼줄려고 하는
상황만 아니면, 내는 떼는 거 무조건 추천이다. 병원도 웃기재, 내 알
아서 하는 거지 뭐, 지들이 난리고.

나는 이쯤에서 다시 한번 대중의 총대를 멘 심정으로 물었다.

―근데 너는 진짜 트랜스 아니냐?

—맞지, 뭐.

—말이 바뀌었네.

—그게 뭐가 중요하노.

그랬다.

　때아닌 탈자궁 전도사가 되어 어머니에게까지 자궁 탈거를 권유했다는 성확정은, 충격적이게도 수술 후 6개월도 되지 않아 다시 자궁내막증 진단을 받았다. 자궁이 없는데도 자궁내막증이 걸릴 수 있다는 것이 도저히 납득되지 않아 몇 번이고 의사에게 설명을 요구했지만, 그럼에도 끝내 그 신묘한 서양의학의 탈맥락적 부조리를 이해할 수 없었다고 했다. 현대 의학은 분명 그의 자궁을 제거했으나, 자궁 자신은 여전히 스스로의 죽음을 인정하지 못한 채 성확정이라는 이름의 구천을 떠돌고 있는 것이 분명했다. 그의 자궁은 그의 성을 확정시켜줄 생각이 없는 모양이었다.

　갈 곳을 완전히 잃은 자궁에 대한 원망과 억울함을 열렬히 토로하는 그를 보며, 나는 문득 그에게 자궁은 존재를 부정하면 할수록 더욱더 큰 목소리를 내는 사회적 여자들의 목소리, '페미니즘' 같은 것이 아닐까 하는 생각이 들었다. 결국 부치 성확정의 삶은, 신체의 내적으로나 외적으로나 평생 '여자'들을 들고 모시고 관리해야 하는, '남자 역할'을 벗어날 수 없는 것일까.

그것은 참으로, 참으로 '가부장'적인 삶일 것이라는 생각이 들었다.

●○

인터뷰를 마치고 난 성확정은 주변에 다른 부치와 자궁을 더 인터뷰할 생각이 있는지를 물어왔다. 여차하면 소개해줄 심산인 듯했다. 나는 잠시 짧게 고민하다가, 지금은 됐다고 말하고 가볍게 자리에서 일어났다. 일단 글을 써보고 필요하게 되면 도움을 구하겠다는 말을 덧붙이긴 했지만, 그런 일은 아마도 일어나지 않을 거라고 생각했다.

집으로 돌아오는 골목길에서는, 저 같은 놈들의 이야기를 세상이 알아들을 말로 빚어내는 게 쉬운 줄 아는 모양이지 싶어 픽— 하고 웃음이 나왔다. 그렇고 그런 부치의 자궁 여럿을 모아다 떠들어주면 얼씨구나 고마워 신나게 받아 적을 거라 생각한 것일까. 하지만 그런 것은 애초에 통계하고 통합하여 뭔가를 달성할 작정이 있는 놈들이나 할 법한 일이다.

나는 성 열과 성확정 이야기를 얼른 써 치우고, 더 쉽고 편한 글거리로 옮겨가야겠다고 생각했다. 빠르게 여름을 향해가는 계절에 예년보다 일찍 피어버린 벚꽃잎들이 바람에 흩날리는 모습을 틈틈이 바라보며 글을 써나갔다. 글이 완성될 무렵이 되자 이르게 핀 벚꽃잎들은 어느새 몽땅 떨어져나가 회색의 덩어리가 되어 바닥을 굴러다녔다. 하지만 꽃 같은 것은 품어본 적도 없는 듯 벚꽃 나무의 푸른 잎은 여전히 그대로 푸르렀고, 그렇게 나무는 또 나무였다. 하얀 꽃이 피었을 때는 검게만 보이던 벚꽃 나무가 원래는 이런 색이었구나 하는 생각을 했다. 하지만 동시에, 아니 알 게 뭐람, 하는 생각을 버럭 했다.

섭섭 세상

여성들의 기세가 어마어마하다. 실로 '여풍'이라 할 만하다. 그동안 여성들은 대한민국 어디에 수납되어 있었던 것일까. 최고 효율로 압축되었다가 한 번에 빰! 나열되는 컴퓨터 파일들처럼, 이들은 그렇게 눈앞에 쏟아지기 시작했다. 이 급작스럽고 세련된 결정에 나는 그만 어리벙벙 지금 이곳이 내가 알던 차별 세상이 맞나 싶어졌다.

얼마 전 나 역시 〈스트릿 우먼 파이터〉를 열심히 봤다. 때맞춰 여성 스트리트 댄서들과 문화에 대해 썰을 풀어대는 유튜버들의 분주하고 얄미운 움직임까지도 욕하면서 찾아보았다. 프로그램이 인기를 끄니, 해당 방송사에서는 이런 여성 및 유사여성들을 마치 그동안 익숙하게 다뤄왔던 양 각종 부가영상들을 유통시켜가며 더 많은 대중적 관심을 유도했다. 하지만 그러다보니 본의 아니게 우리네 미디어는 다양한 여성들의 모습을 지나치게 많이 화면에 담아버리게 되고 말았다. 급기야 이들과 이들의 작품이 만들어내는 다양한 '젠더 표현'까지 어물쩍 아이 부끄러워 전파를 타버리고 말았다. '남자 아니고 여자'인 댄서 정도만 살짝 신선합네 다뤄보려 했던 입장에서는 꽤나 곤혹스러운 여정이셨으리라. 성별 전환만 조금 해보려고 했지 젠더나 퀴어 등등의 기타 성적 부산물 처리까지는 하고 싶지 않으셨을 그 마음, 다른 사람은 몰라도 내가 십분 안다.

　레이디 가가의 〈Born this way〉에 맞춰 춤추는 여성 및 유사여성들을 화면에 내보내는 건 어쩔 수 없다손 치더라도, '성소수' '퀴어' '젠더' 이런 사회적 합의가 안 된 애들 얘기를 대놓고 쓰기는 좀 그러셨을 것이다. 그렇다고 모른 척 싹 들어내자니 또 좀 그렇고, 정말 얼마나 고민이 많으셨을까. 제작진들은 어떻게든 '그 거시기'를 추상적으로 버무려줄 어휘를 찾아 헤매었을 것이다. 그리고 그 노력은 '우리'와는 다른 '그들'의 '특이'한 종족성을 부각하면서 아는 사람은 알고 모르는 사람은 끝까지 못 본 척할 수 있게 배려해주는 '별종別種'이라는 말로 종합된 것으로 보인다.

별종. 초겨울 기상이변 속 모기 물림 같은 이 말이 방송 자막에 등장했을 때, 나는 위기에 내몰린 제작진들이 발휘해낸 번뜩이는 재치와 어휘력에 감탄할 수밖에 없었다. 막다른 골목에 내몰린 이성애 사회는 얼마나 기발해질 수 있는가. 역시 방송 아무나 하는 게 아니구나 하며 무릎이 절로 탁 쳐졌다.

맞네, 저런 말이 있었지.

나는 김빠진 탄식을 했다. '별종.' 정말로 잘 찾아낸 말이었다. 웬만한 젠더 부산물들을 통칭할 수 있을 만한 제법 영리한 이성애적 돌파구로 보였다. 오늘날 매스미디어에서 심사숙고하여 내린 다양성에 대한 합의점은 '별종'까지인가보다 싶었다. 못다 뱉은 말, 퀴어. 꿈엔들 잊힐 리야, 성소수. 그래, 이 말을 하기가 많이 어려우셨겠다.

결론적으로 많이 긍정적으로 생각하자면 아직 압축은 다 풀리지 않았다고 떨떠름하게 말해볼 수 있겠다. 근데 그건 그렇고,

〈누가 어디로〉

'별종', 정말로 잘 찾아낸 말이었다.
웬만한 젠더 부산물들을 통칠 수 있을 만한 제법 영리한 이성애적 돌파구로 보였다.
못다 뱉은 말, 퀴어. 꿈엔들 잊힐 리야, 성소수.

앞으로는 압축 풀고 대중적 합의하실 때 일시와 장소는 미리 좀 알려주셨으면 한다. 믿기지 않으시겠지만 '별종'들도 대중님이 보시는 거 다 보고 투표도 한다는 놀라운 소식 전하고 싶다. 자꾸 이렇게 빼놓고 결과만 보여주시면 당사자는 너무 섭섭하다. 아이 섭섭. 아이 섭섭.

●○

경계는 경개다

경계는 사실 풍경이다. 무리와 무리, 덩어리와 덩어리 사이 선인 듯하지만, 막상 맞닥뜨리면 그것이 면이고, 풍경이라는 것을 알게 된다.

경계는 속하지 못한 이들의 나라이면서 그 자체로 절경이다.

알고 보면 다 다른 갖가지 이유로 비켜난 이들이, 분류되지 못했다는 이유로 분류되어 특유의 정취를 가진 경개景概를 만들어 낸다.

경계는 경개이다.

그래서 계절과 지점에 따라 뭉개지기도, 언뜻 어둑히 그림자져 안 보이게 될 때도 있고, 반대로 강렬한 햇빛 속에 대비가 극명해져 경계는 경개일 리 없게 느껴지기도 한다. 하지만 애초에 그것들이 경개가 아니었다면, 그토록 경계 가까이에 태어나고 자랐을 리 없다고 나는 생각한다.

● ○

당선 축하 말씀 올리며

국민 친구들 모두가 알다시피 국내외적으로 큰일들이 많아 마음이 산란한 시기였다. 예술을 하는 입장에서도, 사람 모양을 한 입장에서도 이런 시기는 쉽지가 않다. 뚫고 들어오는 말, 한데 묶였다가 던져짐, 강한 확신과 끝없는 의심 같은 것들이 동일하게 높은 볼륨으로 계속 울려퍼지는 방안에 갇힌 느낌이었다. 방을 빠져나와 문을 닫고 홀로 마음껏 우매하고픈 마음을 항시 가지고 있었으나, 사실 그 방은 벽도 문도 없이 펼쳐진 것이라서, 내 삶도 니 삶도 거기 있었기에 우매고 자시고를 선택할 수 있는 입장이 애초에 아니었다고 한다. 2022년, 진짜로 전쟁이 나서 너무 놀랐다. 하지만 사실 전쟁은 멈춘 적이 없어서 멋쩍기도 했다. 진짜로 이 상황에서 선거를 할 수 있나 싶었는데 어쨌든 한국의 대통령 선거는 막이 내렸다고 한다.

일단은 대통령 당선자께는 축하 말씀 올린다. 보통 드리는 정도로 끝내는 편인데, 당선되신 자리가 자리인 만큼 말씀을 올려드려야 뒤탈이 없을 것 같아서 눈은 뜨고 올려드려본다. 솔직히 선거 기간 동안 많은 관계자분들이 대놓고 성소수 무시 되게 하셨고, 그 와중에 어떤 분들은 표 엄청 맡겨놓은 것처럼 막 그러시길래, 나는 나한테 표 몇 장 더 있는 줄 알고 호주머니 뒤져보고 그랬다. 성소수 차별 애기하면 다른 더 중요한 일 있는데 잡음 낀다는 듯 구시다가, 또 좀 쫄리면 성소수가 안 밀어줘서 될 일도 안 되는 것처럼 말씀하시고 그러셨던 거는 이제 좀 반복, 또 반복하셔서 우리 쪽에서도 눈치가 좀 빤한 부분이다. 근데 사실 또 그렇다고 성소수애들이 이런 거에 되게 밟혀서 꿈틀하는 스타일이냐 하면 꼭 그렇지도 않긴 하다. 아니 꿈틀은 진짜 하긴 하는데, 사는 게 바빠서 꿈틀할 시간을 따로 빼는 게 쉽지 않다. 그러니까 노동시간도 긴데 투쟁시간까지 따로 안 빼도 되게 억압 너무 안 하셨으면 하는 바람이다.

새로운 대통령 납셨으니, 각종 문화예술 정책이나 기금이 또 어떻게 되려나 하는 걱정도 하게 된다. 기금 이런 거 안 챙겨주시면 진짜 뭐가 안 되는 게 이쪽인데, 맨날 세금 갉아먹는다고 되게 뭐라 그러시면서 정작 또 국민 가슴 방망이질 멍들인 다음에는 예술한테 기발한 아이디어로 위로하라 그러시는 거, 그거 좀 보기 좋지 않으신 부분이다. 우리 믿고 국민 마음 찢으시는 거 아닌가 싶을 때도 많다. 일을 정도껏 벌이셔야 예술 입장에서도 치유라든가 위로 뭐 그런 것을 할 수 있다는 점, 꼭 명심해주셨으면 한다. 특히 사람 죽고 사는 거 관련해서는 좀 답이 없으니까 애초에 많은 주의를 부탁드린다.

그리고 나는 우리 대통령 당선자께서 각국 대표들과 국제 행사에서 양복을 입고 딱 섰을 때, 꽉 찬 정장 맛이 뭉근하게 올라오는, 말씨는 부드럽되 알싸하며 적당히 국민 앞에 애걸복걸할 줄 아시는 대통령이시면서, 나랏일을 웬만하면 진짜 좀 두루 원만히 처리하시어, 내가 예술하시는 데 있어 정신적 방해를 일삼지 않는 대통령이셨으면 한다. 또한 넘들 앞에서는 부끄러워 성소수를 입에도 올리지 못하다가, 뭔가를 잃을라치면 꽁지를 빼고 성소수 양념을 싹 올려붙일 줄 아는 그런 대통령.

싫다. 매우 싫다. 그냥 처음부터 올려쳐달라.

2024 DEC. IBANJIKA

LIFE SEQUENCE

〈Sequence of Life〉

사람 죽고 사는 거 관련해서는 좀 답이 없으니까 애초에 많은 주의를 부탁드린다.

● ○

안전한 이성애를 위하여

이성애를 반대하는 것은 아니다. 그보다는 뭐랄까, 인정하는 편이다. 세상에는 다양한 사람들과 삶의 형태가 있어왔으니 그런 결합도 가능하다고 본다. 하지만 나는 아무리 남자가 여자를 사랑하고 여자가 남자를 사랑하는 세상이라 할지라도 '안전'만은 지켜져야 한다는 입장이다. 다양성과 평등의 미명하에 뭐든 오케이해버리면 그 안에서 벌어지는 폭력이라든가 약자의 피해라든가를 눈앞에서 보고도 놓쳐버리기 십상이기 때문이다.

이성애 특유의 위태위태한 속성 때문이었을까. 언젠가부터 나는 '진짜 이성애'를, 더도 말고 덜도 말고 정말 깔끔한 '사람 대

사람', 아니 '남 대 여'의 사랑을 보고 싶다는 마음을 오랫동안 품어왔다. 하지만 그런 기회는 예상보다 쉬이 오지 않았다. 바로 〈브리저튼〉 시즌2를 보기 전까지는 말이다.

넷플릭스에서 방영되고 있는 〈브리저튼〉은 영국 왕정 시대를 배경으로 '브리저튼'가 아들딸들의 혼사 이야기가 펼쳐지는 사극 로맨스 드라마이다. 시대극 특유의 의상과 세트 등의 볼거리를 제공하면서도 제법 다양한 인종과 관계들을 끌어와 현대적 느낌도 놓치지 않았다. 하지만 세상에는 살인, 도박, 실화와 같은, 〈브리저튼〉 말고도 다채로운 매체 자극이 많기 때문에 시즌1이 나왔을 때는 보다가 금세 시큰둥해졌었다. 하지만 시즌2 예고편의 감칠맛나는 연출과 새롭게 등장하는 인도계 배우들의 매력에 홀려 어쩔 수 없이 플레이 버튼을 누르고 말았다. 혹시 여기에 진짜 이성애가 있지 않을까 하는 오랜 기대가 벅차올랐다. 배우들의 거친 숨소리를 따라 감정의 강약에 휩쓸리면서 나는 이 세계를 함께 호흡했고, 어느 순간 입을 쩝쩝해보니 무척 달았다. 장면 장면이 혀에 걸리는 맛이 다디달았다. 각각의 다른 성들이 역할을 되게 잘해주는 모양새가 이건 확실히 이성애 역사에 있을 법한 얘기겠다 싶었다.

남자는 거의 남자답되 계집애같이 공사 구분을 못했고, 여자들은 여자 모양이면서 제법 가부장적 면모를 지니고 있었다. 그러다보니 세상의 균형과 동서남북이 다 일치했고 이치는 맞춘 듯 딱딱 들어맞았다. 이게 진짜 이성애다! 나는 회차를 거듭할수록 사랑하지만 사랑을 인정할 수 없는 남과 여, 그리고 이 금지된 사랑을 막는 척 어물쩍 넘어가주는 이성애 전통과 금기에 흠뻑 빠져들었다. 하지만 이 모든 과정에서 주변 그 누구와도 드라마와 관련해 진정한 소통을 할 수는 없었다. 분명 이 드라마는 넷플릭스 인기 순위권에 있는 전 세계적인 히트작이었지만, 드물게 이성애를 하는 내 주변에서는 이 드라마를 보는 이를 단 한 명도 찾지 못했다.

그래서 나는 홀로 외롭게 제작사에서 만든 공식 팟캐스트까지 찾아 들으며 드라마의 제작기, 배우들과 연출팀의 속사정마저 파악해냈다. '여배우만 모르는 기습키스신' 같은 리얼리티에 익숙한 나로서는 '신체접촉 전문가'까지 동원되는 이 쇼의 제작 뒷얘기에 너무 놀라버렸다. 가족, 친구를 비롯한 다양한 친밀한 관계들 간의 신체접촉은 물론이고 민감한 사랑 표현의 연기 지도, 촬영후 배우들의 감정 케어까지 해주는 전문가가 제작에 많은 개입을 했다는 사실이 매우 인상적이었다. 이성애 자본이 돈 잘 쓰는 법은 진정 이런 것 아닐까 하는 생각이 들었다. 아마 그런 전문가들의 꼼꼼한 뒷받침이 '이성애'라는 위험한 주제를 다루는 이 드라마가, 정말 우리 모두가 즐길 수 있는 안전한 사랑 이야기가 되도록 해주지 않았을까.

사실, 안전하기만 하다면야 이성애만큼 완벽한 사랑이 또 있을까 조심스럽게 읊조려본다. 까짓것, 이왕 사랑을 택한다면 이성애일지도 모르겠다. 다만 그저 안전하기를, 모두가 안전하기만을 바랄 뿐이다.

이 극단적인 사랑에 안전한 울타리만 잘 세워낼 수 있다면, 이성애도 제법 괜찮은 사랑 방식일 수 있겠다. 예를 들어 스크린 안에서만 한다든가 하는 식으로 말이다.

● ○

알약을 삼키며

일어나서 무심코 알약 봉지를 찢어 능숙하게 입안에 털어넣으며, 이 무심한 능숙함에 잠깐 멈춤. 언제부터 이렇게 아침저녁 약을 먹는 일이 자연스러워졌을까. 끼니보다 약을 잘 챙기는 것이 당연해진 것 말이다. 약의 도움 없이는 세상에 살아 있는 것이 불가능하다는 적극적 판단, 그것이 없었다면 일어나지 않았을 상황이다. 그 판단은 있었고, 지금의 내가 되어 순간을 살고 있다.

'약 먹는 사람'이라는 것 자체를 받아들이기 힘들었던 시간이 분명히 있었다. '약을 먹는 것 자체가 우울하다'는 이야기도 어느 의사에겐가 한 적이 있을 만큼, 분명 약이 이벤트였던 시절이 있었다. 물론 지금은 그 존재와 가치를 인정하고 항복한 지 오래이다. 다만 오늘 잠시 약을 삼키며 멈췄던 것은 이렇게까지 약을 먹어가며 살아야 할 이유가 있나, 혹은 그렇게까지 살아야 할 대단하고 가치로운 이 세상 되시나 하는, 연례행사 같은 생각이 들었기 때문이다.

하지만 '살 만한 삶인가' '왜 사는가' 같은 질문은 각종 병증 악화의 지름길이기 때문에 나는 삶을 위해 철학을 내려놓기로 한다. 사실 '위한다'는 감각도 없이 본능처럼 우선순위로 두고 있는 '삶'이라는 개념도 꽤나 간지럽긴 하다. '정말로 그렇게 대단한가' 하며 마치 그 삶에 어떤 지분도 기대도 억울함도 없는 인간인 양 굴어보는 나도 좀 귀엽다.

어딘가 다른 시공간의 세상에서 태어났다면
나는 약보다 끼니를 챙기고,
세상이 약을 먹기도 했을까.

됐고, 기지개를 펴면서 변함없이 좋은 아침이다. 오늘 하루도 존나 좋은 일이 일어날 것이다.

〈솟는〉

어딘가 다른 시공간의 세상에서 태어났다면
나는 약보다 끼니를 챙기고,
세상이 약을 먹기도 했을까.
됐고, 기지개를 펴면서 변함없이 좋은 아침이다.

HIV 감염인 애들이 개최하는 행사에서 사는 얘기를 나누는 자리가 있었다. 말하러 온 자와 들으러 온 자, 부적절하고 적절한 호기심, 동시대 생존자로서의 책임 같은 것들이 아날로그적으로 디지털 화면을 통과했다. 감염인에게 허락되지 않는 직업군과 의료시설에서의 잔인한 차별 얘기가 이어지다, 마침내 HIV 감염인 하나가 약을 매일 '한 알' 먹어야 하는 고충을 토로했을 때, 나는 나도 모르게 분연히 일어나고 말았다.

아니 여기 정신병자는 아침저녁 매일 도합 7~8알은 먹는 것 같은데, HIV 감염인이라는 새끼들이 뭐 한 알? 아니 지금 한 알 갖고 이러는 겨??!!

내가 또 참지 못하고, 나는 니미 니들보다도 약 훨씬 더 먹고, 각종 부작용 같은 것은 몇 년째 못 본 척하면서 이렇게, 물론 묵묵하게는 아니지만, 살아내고 있다고 흐드러지게 입을 털자, 줌 화면 속 많은 이들의 눈동자가 크게 흔들렸다. 잠시 분위기는 땡강 차가워지는 듯했으나, 우리는 곧 '매일 약 먹는 애들'로 하나가 되어 자신과 서로의 고통을 비웃기 시작했다. 매일 약을 먹어야 살아진다면, 그게 무슨 약이든 그냥 약 먹는 새끼일 뿐이라는 정말 대충 묶고 지져지는 연대의 마음도 한껏 차올랐다.

긴 수명을 때려맞은 현대인이라면 누구나 생의 어느 순간에 매일 무슨 약이든 먹어야 모자란 육신에 목숨 부지가 될 게 자명한데, 좀 일찍 명확한 이유로 잡쉈기로서니 그렇게 차별 이런 거 할 일인가? 별꼴이여.

I
BAN
JIHA

이반지하의
바깥세상

PART 3

● ○

인생, 여행 전

출국이 확정되었다. 비행기표가 나왔으니 확정이라고 봐도 될 것 같다. 코로나의 한복판에서 연말을 북미에서 보내게 됐다는 얘기는 너무나 비현실적이어서 누구 앞에서건 입이 잘 떨어지지 않았다. 그래서 이 일과 관련한 전체를 아무에게도 알리지 않은 채 혼자 오래 품고 있었다. 말을 할까 말까 하다가 결국 하지 않을 때가 많았다. 언제든 취소될 수 있으니까, 라고 생각했다.

여행이 한 달 정도 남은 시점부터는, 이 얘기에 대해 입을 떼면 정말로 이 여행이 실감될까 두려워 입을 닫게 되었다. 몇 달 치의 거대한 짐을 싸내야 하는 것, 코로나라는 상황에 국경을 넘는 각종 서류를 빈틈없이 준비해내는 것, 그리고 여행 내내 즐길, 동시에 매우 힘들 '혼자'라는 관념이 자꾸만 몸을 차갑게 식혔다. 혹은 그 정도의 차가움 없이는 이 정도 규모의 일을 실수 없이 착착 준비해낼 수 없을 것 같았다.

여행 동안 팡팡 써댈 돈을 생각하면 눈앞이 아득하고 아찔해지는 느낌이 들었는데, 상상하는 것만으로도 극도로 신나고 괴로웠기 때문이었다. 유튜브 여기저기에서는 현명하게 돈 쓰는 방법이 세상에 정말 있다고들 하던데, 근데 그게 내가 하려는 이것은 정말 아닐 텐데, 하지만 또 나는 나라서 어쩔 수 없는…… 그러니까 이것은 정말로 어쩔 수 없는 일이다. 외화는 분명히 낭비될 예정이었다.

마침내 출국 소식을 전하자, 친구들은 한마디 이상씩 말을 보태며, 뭐를 해야 하고 뭐를 해야 하고 또 뭐를 하고 또 하지 마라 했다. 코로나로 발이 묶인 놈들에게는 지네가 가나 싶을 정도의 디테일한 흥분이 있었다. 나는 여행을 가는 사람이 '나'라는 게 좋았지만 적당히 남의 일이었으면 하는 마음을 동시에 가지고 있었다. 백신 교차접종이 발목을 잡진 않을지, 공항에서 갑자기 무증상 감염자로 밝혀지진 않을지, 계획한 일들이 미세하게 틀어질 때마다 모든 예약과 약속들은 다 정확한 숫자가 되어 통장을 탈출할 텐데, 나는 정확히 몇 원에서 몇 달러까지 감수할 수 있을까. 이런 돈은 생에 단 한 번도 예비된 적이 없었기에, 언제나 신용카드를 중심으로 미래의 나를 점쳐보는 배짱 도박에 가까웠다. 맨날 이런 도박 속에 머리를 쥐어뜯으며 아주 내 본위로 설계된 계산기를 두드리며, 미래의 내가 지금보다 엄청나게 괜찮은 사람이길 진심으로 빈다. 그러니까 이런 것은 항상, 매우 남의 고통이었으면 한다. 누군가 이런 고통 속에 있을 때 옆에서 어떤 책임도 지지 않은 채 어깨를 톡 치며 "얘, 걱정도 많다" 정도의 말을 던져주거나, 의자에 등을 살짝 기대며 "그때 일은 그때 가서 걱정하시죠"라고 심드렁히 일갈하는 정도의 역할을 하고 싶다. 물론 여전히 여행의 즐거움 쪽은 내가 스리슬쩍 모조리 누리면서 말이다.

아마 그래서 이 마음은 불온하다. 둘 데 없고 가당치도 않은 무엇이다. 그러니 그저 오늘도 묵묵히 오늘을 수행하기로 허자.

여행을 중심으로 삶이 구획되었다. 나는 지금 '여행 전'에 해당하는 삶을 살고 있다. 이 챕터에는 눈앞에 벌어지는 현재의 일을 쳐내는 동시에 여행이라는 미래를 끊임없이 시뮬레이션하고 해외 상황에 대입해보면서, '여행을 위해서'라는 대의하에 미리 돈 쓸 일이 없나 끊임없이 궁리하는 내가 있다.

장기 해외여행은 각종 동서양 고전에 나오는 '여자의 마음'과 같아서, 매우 이럴 수도 매우 저럴 수도 있다. 엄청나게 추울 수도 엄청나게 더울 수도 엄청나게 피곤할 수도 엄청나게 외로울 수도 엄청나게 무거울 수도 엄청나게 그릴 수도 엄청나게 찍을 수도, 엄청나게 막 엄청나게. 하지만 이 모든 게 엄청나더라도 동시에 멋이란 게 반드시 있어줘야 할 것이다.

요약하자면, 어떤 상황에서도 힙hip을 놓칠 수는 없다는 것이다. 이 힙에는 남들의 어쩌구가 개입할 여지가, 틈바구니가 없다. 너무 사적인 힙이다보니, 이걸 세상에 설득할 수 있었으면 애초에 인생 이렇게 살아오지 않았을 것이다. 그놈의 힙 때문에 인생 여기까지 아트로 끌어왔고, 각종 정상성과 복지 혜택에 자발/비자발적으로 탈락되어왔다. 그러니 이제 와서 힙을 모른 척할 수는 정말로 없다. 그래서 어쩔 수 없이 가방도 신발도 윗도리, 아랫도리도 골고루 전체적으로 장만하는 수밖에 없다. 그렇다고 해외에 가서 사지 않을 거냐 하면 또 그렇진 않다.

이것은 어쩔 수 없는 '여행 전' 챕터의 의례ritual라는 것을 분명히 하고 싶다. 그냥 그렇게 하는 것이다. 역사 속 각종 허례허식이 지금 우리 영혼의 형태를 만들어왔다. 그러니까 이 흐름에 분명 어느 정도의 합리가 내재해 있다는 걸 알아주길 바란다. 아니다. 됐다. 모를 것이다. 모른 체해달라.

연말을 해외에서 보낼 생각을 하니, 당장 국가께서 해주시는 건강검진 생각을 안 할 수가 없었다. 다 위에서 생각해서 해주시는 건데 밑에서 안 누릴 재간은 없다고 봐야 한다. 최근 부인과에서 또래들의 자궁이 속속들이 의료적 존재감을 드러내기 시작한 작금의 추세로 보아, 나 역시 조만간 엇비슷한 상황을 맞이하게 될 것으로 보인다. 다만 그것이 제발 이번 불판이 아니기만을 바라며, 서둘러 검진을 예약했다. 챙길 것이 너무 많다. 하지만 그런 와중에도〈그것이 알고 싶다〉는 꼭 챙겨본다.

정신없이 각종 사무와 사무가 이어지던 와중, 갑자기 뜬금도 없이 불현듯 얼마나 많은 차별이가 나를 기다리고 있을까 하는 생각이 이마를 때리며 일순간 온몸에 전율이 흘렀다. 그래, 여행 전 의식을 치르느라, 차별이를 간과하고 있었다!
차별이는 분명 이국의 낯선 공항에서부터 일찌감치 마중을 나와 제일 먼저 반갑게 손을 흔들 것이다. 내가 가장 예상하지 못했던 순간에, 있는 줄도 몰랐던 연약한 안쪽의 안쪽 속살을 향해,

마련된 근육 하나 없는 바로 그 부분을 귀신같이 찾아내, 세상 가장 깊고 뾰족하게 찔러들어올 것이다. 나의 온 세포는 헉 소리도 내지 못하며 놀라는 동시에, 순간 무슨 일이 일어난 건지 어리둥절 적절한 대응을 바로 해낼 수 없고, 시간이 좀 흐른 뒤에야 어마어마한 무력감과 억울함에 압도될 것이다. 존립을 흔드는 차별이란 으레 그런 것이기 때문이다.

나는 지금의 내가 그 모든 다양한 글로벌 차별이와 놀 체력이 있나 생각해본다. 혹시 한국에서 조금 여자 모양으로 살던 거, 설마 썩 괜찮은 삶이었던 것인가 하는 태초의 경험에 대한 의심도 올라왔다. 하지만 이내 고개를 젓는다.

그것은, 그것은 정말 아니지.

나는 손가락 사이로 빠져나가던 정신과 사리분별을 다시 다 잡으며 생각한다.

이 여행은 세련된 여행이다. 입에 담을 수도 없이 무척 세련된 여행이다. 아트 일을 하러 토론토에 간다니, 뉴욕에 간다니, 이것은 너무나 세련되어서 오줌이 찍 나올 일이다.

서울 번화가 야외카페 2층에 앉아 1층의 한국놈들을 내려다본다.

이놈들, 지금 내가 무슨 일을 앞두고 있는지 알고나 있는가, 앙?!

여름에서 가을이 되는 간절기의 차가운 바람 속에 나는 이미 토론토고 뉴욕이다. 여행자의 필연적 속성들, 머무르되 떠나지 아니할 수 없고, 속하려 하나 속할 수 없으며, 종국엔 뼛속까지 속되지 아니할 수 없는 그런 외로움을 나는 굳이 지금 미리 느껴본다. 동시에 거기서는 카페에서 화장실에 가고 싶을 때 자리를 어떻게 맡아놓을지 고민해본다. 그러다 다시 한번 문득 차별이에 대한 생각이 새로운 국면으로 머릿속에 떠오른다.

아니 시발, 내가, 내가 차별이를 하면 어떡하지?

삶의 거의 모든 순간을 주책없이 한국 하고도 서울에서 보낸 티를 감출 방법 같은 것은 없다. 2007년 난생처음 뉴욕에 가봤을 때도 뭔 일이 있나 하며 현지 퀴어 주변을 적절히 기웃거려보려 했지만, 그렇게 분류도 못 하겠을 만큼 다양한 인종과 문화는 처음이어서, 이 안에서 내가 누구고 뭔 위치에 있는지를 파악하느라 정신만 쏙 빠졌다. 겨드랑이 깊숙이에서 나도 모르게 튀어나오는 환청 같은 단일민족 냄새를 지워, 갑자기 세련된 글로벌 매너를 내보일 방법은 당연히 없었다. 글로벌 매너 같은 것이 진짜 있다고 친다면 말이다.

나는 출신 지역이나 자국색이 짙은 영어를 하는 사람들을 만나면 짜증이 나곤 했다. 나도 네이티브 스피커 같은 게 아니라서 님이라도 말을 CNN처럼 해줘야 나도 알아먹고 대화를 이어갈 수 있기 때문이다. 하지만 그것은 그 님들 입장에서도 마찬가지였다. 그러니까 둘 중 적어도 하나는 각자의 영어 학습에 귀감이 된 백인 정상 영어를 해줘야 '소통' 같은 걸 할 수 있는 우리는, 구슬픈 비정상 색면色面들이었다. 이것은 양쪽 모두에게 부당한 일이었지만, 동시에 서로가 서로에게 다가갈 수 있는 가장 빠른 길이기도 했다.

각종 상념 끝에 나는 결국 살포시 눈을 감으며, 피할 수 없는 어글리 코리안의 숙명을 받아들이고저 한다. '여행의 피로'라는 큰 산에 이 모든 것을 버무리며, 아 그냥 좀 대충 어떻게 잘 좀 해보자 생각한다. 하지만 조금은 치사하자. 치사하도록 하자. 일단은 살고 보자. 살아나보자. 살아서 돌아오기나 하자.

계속 다리에서부터 한기가 스민다고 느꼈다. 겨드랑이에서 땀이 나는, 이 계절치고는 더운 이상기온 속에서도 나는 자꾸 발바닥-종아리-허벅지 안쪽을 잇는 어떤 선이 얼어버릴 것 같다고 느꼈다. 현재를 살고 있었지만 약 20여 일 뒤인 여행을 대비해 살고 있기도 해서, 나는 몸이 안 좋은 것은 아닌지 조금 불안해졌다. 어떻게 해도 데워지지 못할 듯한 기분 나쁜 냉기가 자꾸만 올라왔고, 나는 습관처럼 평생 나를 휘둘러 마지않았던 성호르몬의 답 없는 장난을 의심했다.

그림과 책과 분리수거와 자전거 헬멧과 맛밤이 한꺼번에 굴러다니는 거실에 친구가 빌려준 큰 캐리어 두 개를 펼쳐, 가볍고 두꺼운 옷을 일단 던져넣고 있을 때였다. 나는 불현듯 내 몸이 2015년 겨울의 뉴욕 추위를 되짚어 느끼고 있다는 것을 알아챘다. 내 몸은 그 도시를 '추위'로 기억하고 있었고, 그걸 미리 두려워하고 있었던 것이다. 돈은 매일 모자랐고 영양은 부실했으며 불안정한 잠자리에 수면은 없다시피 했던 그때, 과거 현재 미래 어디에도 속하지 못한 채 매 순간 존재가 흔들리고 있던 나는 그 모든 것을

'춥다'고 기억하고 있었다. 몸이 이해한 감각이 그랬다.

이번 여행은 언제나 꿈꿔왔던, 예술가로서 안정적인 여행이 보장된 공식적인 초청이다. 나는 6년 전의 내가 아니다. 하지만 그때 그 온도를 기억하고 있는 몸은 경고를 멈추지 않고 있었다. 무척 추울 것이라고, 그곳은 무척이나 추울 것이라고. 나는 아주 복잡한 기분이 들었다. 각오, 기대, 대비, 설렘, 그 모든 것을 합쳐도 몸은 쉽사리 각인된 온도를 잊어주지 않을 것 같았다.

두꺼운 양말 두 개를 찾아 하나는 신고, 하나는 캐리어에 던져넣었다. 작은 무릎담요를 허리춤까지 끌어당겨 덮고 천천히 다리를 주물렀다. 그리고 다시는 몸을 외면한 여행을 하지 말자고 생각한다. 그런 여행을 만들어보자고 생각한다. 그렇게 몸을 안심시켜본다.

● ○

퀘사디아

협업이 예정된 작가를 토론토 공항에서 만났다. 그의 파트너가 운전하는 차를 타고, 마련된 숙소로 달렸다. 비행기에서 내려 충분히 어리둥절해대기 전에 신속하게 차로 옮겨져 밤 도로를 달리니, 아직은 외국에 왔다는 실감이 크지 않았다. 두 사람은 친절하게 이것저것을 챙겨 물어봐주었지만, 나는 장시간의 비행을 마친 나의 입냄새에 자신이 없어 되도록 말을 들숨에 가깝게 짧게 하려 애썼다.

숙소에 짐을 내려놓고 나자, 바로 지금이 이윽고 반드시 맛있는 이국적 음식을 먹어 마땅한 시간이라는 것이 확실해졌다. 두 사람은 힙하고 힙하다는 비건 멕시칸 레스토랑으로 나를 안내했다. 비건 하고도 멕시칸이라, 이 말을 듣자마자 내 머릿속 외제 냄새가 코끝을 빠르게 훅 스쳤다. 비로소 이국에, 양나라에 왔다는 실감이 났다. 아니 물론 서울에도 비건 멕시칸 음식 정도쯤은 이제 여봐란듯이 있다. 하지만 웬만한 비건 식재료를 굳이 굳이 직구로 사 먹었던 옛舊 비건으로서, 나는 양나라 비건 요리에 대한 학습된 사대주의적 환상과 기대를 가지고 있었다. 말하자면 역逆 오리엔탈리즘 같은 것이었다.

토론토에 오자마자 영어를 너무 많이 읽기는 싫어서, 두 사람에게 맛있는 메뉴를 알아서 골라달라 메뉴판을 맡겨버리고, 나는 두근 반 비건 반 뛰는 가슴을 진정시키는 데 집중했다.

얼마나 기발하고 기막힌 요리가 나와줄 것인지, 얼마나 또 그놈의 비건 같지 않은 비건 요리를 만들어냈을지, 요놈들, 양놈들!!!

생각보다 빨리, 딱 가격만큼 신선한 과카몰리가 먼저 나왔고, 뒤이어 노릇하게 구워진 퀘사디아가 위풍당당 서버의 손에 들려 등장했다. 나는 얇은 밀가루 전병 같은 또띠아로 싹 가려진 비건 퀘사디아의 속이 과연 무엇으로 채워져 있을지, 맛은 또 어떠실지 너무 궁금해서 그냥 막 돌아버릴 것 같았다. 하지만 절대로 지금 돌아버려서는 안 되는 것이, 모름지기 비건식은 그렇게 쉽게 시작되지 않는다는 데에 그 이유가 있다.

잘 구워진 퀘사디아가 조금씩 모락모락 식어가는 동안, 당장 달려들어 씹어먹어줘야 하는 바로 그 엄청나게 적절한 타이밍에, 음식을 서빙해준 직원과 나는 세련된 눈맞춤을 나눈다. 역시, 나는 틀리지 않았다. 동서고금을 막론한 비건 세상은 이런 것이다. 메뉴판에는 분명 없었더라도, 웬만한 비건식에는 식전 비건 말씀을 생각보다 좀 많이 듣는 것까지가 포함되어 있다.

나는 숨을 고르며 서버님이 던져주시는 신비로운 비건 음식과 재료 이야기를 눈으로 받아가며 끓어오르는 식욕을 능숙히 통제해내려 애썼다.

그래, 와우wow, 그랬구나, 릴리really? 정말이니? 정말, 정말 언제까지 이럴 거니? 우쥬Would you 밥 좀 먹게 조금 혹시 리틀빗 little bit 비켜주겠니? 이런 맞장구를 '어허uh-huh' 하는 고갯짓 몇 번에 전부 녹여, 나는 바로 어제도 이 짓을 해본 것처럼 무척 여유 있게 응대해내려 한다. 많은 집짐승들이 해내는 음식 앞 '기다려'는 얼마나 과소평가되었나. 그렇게 나의 오늘 치 세련미가 거세되고 짐승의 고삐가 풀리려는 순간, 운명처럼 익숙한 영단어 하나가 마침 귀를 뚫고 들어온다.

한국인은 역사적으로 반려짐승을 먹는 민족으로 오랜 국제적 비난에 시달려왔다. 물론 완전히 틀린 말은 또 아니라서 세계 시민께 드릴 말씀이 너무 많거나 아예 없다. 그래도 여전히 많은 동료 시민분들이 목숨처럼 소중한 정력 때문에 정말 어쩔 수 없이 택하시는 그 길을, 나는 가지 않았다는 도덕적 우월감을 가지고 지금까지 살아왔다. 혹은, 살고 있었다.

하지만 오늘 이곳,
토론토 힙 비건 퀘사디아 앞에 나의 우월은 무섭게 휘청거린다.

다져지고 구워진 소중한 나의 짐승이
하얀 밀가루 전병 사이에 양념된 채 나를 시험에 들게 한다.
우리의 운명이 송두리째 뒤흔들리기 시작한다.

장시간 비행 후 먹는 마침내 온전한 첫 식사,
이성이 잡을 수 없는 식욕 앞에 놓여진,
양놈들이 마련한 허를 찌르는 기발한 비건 식재,
혹은 반려짐승, 그 동족, 아니 구이,
하지만 이것은 너무도 맛이 궁금한,

선인장cactus 퀘사디아!

나는 또 이렇게 한 걸음 더
무결함과 멀어진다.

쉬펄…… 한입 왕 베어 물고 만다.
이것과 소중한 집짐승의 연결고리를
끊어낼 듯 씹는다.

과거와 단절되지 않고서는,
니미 이렇게 한입도 허락되지 않는다.

무궁화 삼천리 화려 강산

2천 하고도 2십1년 겨울이었다. 하필 오늘 일신을 항구에 두게 되었다. 캐나다 토론토 남쪽, 온타리오호 항구에 도착한 나는 어떤 방어막도 없이 몸 전체로 자연에, 이 바람에 맞서고 있다. 지구온난화를 당한 날씨는 겨울로 가는 둥 마는 둥 하고 있었지만, 바람만큼은 절대 겨울을 잊지 못하게 해주겠다는 듯 목이 돌아가게 휘몰아제꼈다. 카페였으면 좋았을 미팅 장소는 항구 앞 허허벌판이었다. 눈을 감자 머리카락이 바람에 사방으로 날뛰며 숨겨왔던 두피가 세상에 노출되는 것이 느껴졌다.

점점 작아져만 가는 노숙인의 덩어리진 몸이 있는 벤치 옆에서 나는 현지 공연 기획자를 기다리고 있다. 코로나바이러스의 극심한 전파력을 고려한 듯, 그는 실내가 아닌 이 항구에서 만나기를 제안했다. 팬데믹 상황이긴 전 세계 대도시 어디나 대충 매한가지라 이번 출장 기간 중에 바로 공연을 하진 못하리라는 걸 피차 알고 있었지만, 어쩌면 그래서 우리는 더욱 후일을 도모할 건덕지라도 만들어보고 싶었는지 모른다.

마스크로 중무장을 하고 나온 그는 반갑게 인사를 건네며, 걸으면서 대화를 이어가자고 했다. 나는 "마치 라일like 스티브 잡스처럼 말이니?"라고 물었고 그는 바로 Yes 그렇다고 대답했다. 나만 혼자 잠시 얼굴을 붉히고 그의 긴 걸음 옆으로 잰걸음을 서둘러 디뎌냈다. 각자의 짧은 소개를 마치고 지금까지 해온 작업들에 대해 간략히 이야기를 나누었다. 코로나바이러스의 여파를 정면으로 맞은 공연예술업계, 그 안에서 우리는 뭘 어떻게 해나갈 수 있을지, 더구나 이런 국경을 넘은 공연예술 협업은 과연 어디까지 가능할는지 등등 대화의 주제는 사소하면서도 제법 비싸고 세련된 것들이었다. 그렇게 바람도 맞을 만큼 맞고 서로의 마스크 안면도 틀 만큼 텄을 무렵, 그는 조심스럽게 대화 주제를 전 세계가 주목하고 있는 내 조국 K-대중문화로 돌렸다. 그리고 자신이 넷플릭스를 통해 관람한 한국의 신박하고 화려한 리얼리티쇼와 드라마들을 언급하며 참고 있던 흥분을 내비치기 시작했다. 나는 바로 장단을 파악하고 사회성에 박차를 가했다.

—그 게임쇼에 나온 남자는 나중에 야당 대표도 됐다면서?

—어, 맞아! 한국은 참 재밌는 나라지. 깔깔~

—나는 그 보이그룹 눈화장이 넘 맘에 들어.

—어, 나도 동의해. 깔깔~

바람에 일렁이는 호수의 물결만큼이나 매끄러운 대화가 잠시 이어졌다. 그러고 나서 그는 토론토 하늘은 허락한 지 오래인 그 사랑을 하는 사람답게, 호기심 어린 눈빛으로 기대를 잔뜩 머금은 목소리로 물어왔다.

—아니 그러면, 한국의 LGBTQ 인권 상황은 어때?

나의 눈빛은 분명 조금 흔들렸고 갈 곳을 잠시 잃었다. 하지만 정신은 잃지 않고, 빠르게 머릿속으로 최근 나의 조국 코리아의 성소수 상황을 되짚어보기 시작했다. 그리고 마침내 대화의 리듬을 끊지 않는 영특한 요약을 해낼 수 있었다.

—응, 우리는 이제 차별금지법을 만들기 위해 애쓰고 있는 중이야,
ing~

0.5초 정도의 짧은 정적이 흘렀고, 그와 나는 거의 동시에 서
로의 얼굴을 보고 으악!!! 소리를 지르며 박장대소했다. 마스크로
절반은 가려진 면면이었지만, 우리는 분명 그 순간 국제적으로 연
대되어버린 성소수였으며, 그 크고 기가 막힌 웃음은 안 해도 들
은 서로의 말과 심경을 모두 정리한 깊고 시린 흔들림이었다. 이윽
고 그는 색색깔의 무지개 스웨터 하나만 달랑 걸치고 나온 몸을
부르르 떨었고, 우리는 서로의 SNS 계정을 묻고 함박웃음으로 미
팅을 마쳤다.

사람이 오는 것이다

버스를 타자마자 왼쪽에 있는, 사고가 난다면 제일 먼저 앞 유리로 튀어나갈 좌석을 나는 가장 좋아한다. 그만큼 목숨건 개방 감을 가진 좌석이 운전석을 제외하곤 버스 안에 없다. 물론 높이 도 있는데다 앞쪽이 뻥 뚫려 있어 불안정하고 위험한 자리인 것은 사실이다. 하지만 전면 유리와 높은 좌석이 시야를 탁 틔워주고, 그 높이가 필연적으로 뒷좌석과의 거리를 만들어 숨통도 틔워낸 다는 점이 여전히 이 좌석을 최고 좌석으로 만든다. 더불어 입구 바로 옆이라는 점 때문에 주변에 다른 승객들이 머무르기도 애매 해서, 대중교통 속 상쾌한 고립감을 맛볼 가능성도 높다. 다양한 승객분들의 버스 탑승 전후를 면밀하게 관찰할 수 있다는 점 역시 대체 불가능한 은밀한 장점으로 기능한다.

　　마을버스가 정류장에 당도하자, 그날도 나는 줄지어 버스에 오르는 사람들 뒤에서 까치발을 하며 최고 좌석이 비어 있는지부터 체크했다. 출입문 바로 옆 창문에 남자 하나가 앉아 있는 것이 보였다. 무려 이런 이유로 다음 버스를 기다릴까 잠시 생각했다가, 인생 매 순간 이럴 순 없지 싶어 어쩔 수 없이 버스 계단을 올랐다.

　　버스로 몸의 절반 이상을 들여보내고 나자, 그 내부가 심상치 않은 기운으로 가득차 있다는 것을 눈치채기도 전에 귀를 때리는 엄청난 목소리에 보통때는 없던 정신부터 퍼뜩 났다. 먼저 탄 승객들이 서둘러 목소리로부터 가장 먼 좌석을 찾아 허겁지겁 달리듯 자리를 잡는 것이 보였다. 질 수 없었다. 마지막 남은 맨 뒷좌석을 운좋게 비집고 들어가, 그제서야 소리의 근원에게 시선을 준다. 마치 어느 정도의 안전거리가 확보된 후에야 상대가 누군지 확인할 용기를 낼 수 있다는 듯이.

　　쉬지 않고 소리를 내고 있는 자는 버스에 타기 전부터 나의 시선을 받았던, 바로 그 맨 앞 최고 자리에 앉아 있는 남자였다. 그는 그 불안정하고 높은 좌석에서 몸을 있는 대로 뒤틀어 승객들을 향해 소리치고 있었다. 그 좌석을 아는 나로서는 그가 얼마나 많은 것을 걸고 그런 자세를 취하고 있는지, 또 그런 그가 버스 기사를 얼마나 조마조마하게 하고 있을지 단박에 알 수 있었다. 버스 안을 쩌렁쩌렁 울리는 그의 목소리는 오히려 그 크기로 인해 무슨 말을 하는지 한 번에 알아들을 수 없었는데, 결국 몇 정거장에 걸친 지독한 반복을 통해 어쩔 수 없이 학습하지 아니할 수 없었다.

사람이 아니**다**,
한 사람의 **일생**이
오는 **것이다**!!!!!

대체
왜……

라는 의문이 가장 먼저 들었지만, 웬만한 암기 과목이 그러하듯, 반복이 지속되면 원래의 의미보다는 그 행위 자체로 의미는 만들어지게 되어 있다.

그래도 몇 가지 아귀가 맞지 않는 지점을 속으로 짚고 넘어가지 않을 수 없었는데, 일단 서울 광화문의 한 기업 외벽에 걸려 있는 시구詩句가 몇 구區를 넘고 넘어, 실상 동洞 하나도 채 돌지 않는 이 마을버스에서 암송되어야 하는 이유는 무엇일까. 물론 '너무 사랑해서'라는 말 하나로 간단히 반박 가능한 부분이긴 하다. 좋다. 그러면 은근히 원작 시구와 다른 건 어떻게 봐야 할지. 독자의 2차 창작, 혹은 발화자의 말버릇이 무의식적으로 껴들어가 버무려진 부분이라 할 수 있겠다. 하지만 그래도 지금 이 순간 만원버스에 가까운 이 밀폐된 공간에서 승객 모두가 그의 암송을 목청껏 들어야 할 이유는.

존나 시끄럽다! 임마!

라는 말이 목구멍까지 여러 번 차올랐지만, '마을'버스에 타고 있는 지금, 이 '마을'에서 그를 다시 마주칠 높은 확률에 생각이 미치자, 나는 그저 엄지와 검지로 내 코를 잠시 쥐고 숨을 들이마셔 가상의 비행기에 탄 듯 귓구멍을 압력으로 막아본다. 익숙한 비겁함 속에 미미하지만 약간의 소음 차단 효과가 있다. 그 상태로 다시 그에게 시선을 가져가본다. 다행히 그는 꼬라본다고 급발진하는 타입은 아닌 듯했다.

저 좌석에 앉아 상체의 반 이상을 뒤튼 채로 저 정도의 소리를 지속적으로 낸다는 것은 분명 병증이자 재능이었다. 저토록 불안정한 위치에서 이 정도 소리를 낼 수 있는 그가, 버스 맨 뒷좌석 같은 곳에서 바로 세운 몸으로 온전히 앞을 향해 소리를 냈다면, 이 상황은 더욱더 치명적일 수 있었겠다. 그도 최고 좌석의 가치를 알기에 몸을 뒤틀 각오를 하고 그곳을 선택했을까. 아니면 끊임없이 소리를 내려는 자신과 그걸 존나 듣기 싫을 승객의 니즈 사이에서 균형점을 찾은, 그로서는 어느 정도 불편을 감수하고 우리를 봐준 선택이었던 걸까.

아니, 묻지 말자.

대여섯 정거장 뒤 내가 버스에서 내릴 때까지도, 그는 조금의 지친 기색 없이 같은 말을 같은 크기의 소리로 반복하고 있었다. 마침내 내려야 할 정류장에 도착하여 버스 밖으로 발 하나를 내딛자, 진공 상태가 된 듯 일순간 세상이 무척 고요하게 느껴졌다.

버스는 여전히 그를 실은 채로 다음 정거장을 향해 달려갔다. 정류장에 내린 승객들은 지치고 이골이 난 표정으로 이제야 놓여났다는 듯 저마다의 한숨을 쉬곤 서둘러 가려던 길을 갔다. 싫든 좋든 그의 말대로 정말 우리는 사람과 일생 한 토막을 한껏 후드려맞은 셈이었다. 어쨌든 그의 메시지는 박살내듯 모두에게 전달되었다.

● ○

토론토 시내버스에 오르니 코로나 거리두기의 일환으로 좌석을 비워달라는 표지가 여기저기에 놓여 있었다. 그래도 서울만큼 밀집된 인간들을 보긴 힘든 도시라 그런지 빈 좌석이 여전히 많이 있었다. 아직 토론토 시내버스의 최고 좌석을 찾지 못한 나는 익숙한 한국인의 얼을 끌어내 뒷문 옆 좌석을 선택, 방금 탔지만 신속한 하차를 예비했다.

몇 정거장이 지났을까, 어딘지 모르게 날것의 눈빛을 한 작업복 차림의 남자 하나가 버스 안으로 전진하듯 들어왔다. 버스에는 여전히 빈자리가 많이 있었지만, 그는 굳이 서 있기를 선택했다.

그렇겠지.

놀랍지 않았다. 살면서 만나본 많은 양나라 애들은 의자를 쓸 줄 몰랐다. 서서 반갑고, 서서 취하고, 서서 먹고 말하면서 그걸 파티라는 둥 어쩌구 하는 걸 겪어낼 때마다 나는 구석에 어둡게 처박혀 있는 소파를 누구보다 빨리 찾아내, 그제서야 나의 파티를 시작하곤 했다.

하지만 지금 버스의 이자가 단순히 전형적인 양나라 의자 모르쇠였냐 하면 꼭 그렇진 않았다. 버스에 올라탄 그는 자신의 허름한 육신은 그렇게 세워놨을지 몰라도, 옆구리에 소중히 끼고 탄 꾀죄죄한 골판지만은 익숙하고 섬세한 손놀림으로 좌석 하나에 편안히 기대 앉혔다. 가장자리가 불규칙하게 거뭇거뭇 접히고 눌린, 꽤 지친 모습을 한 골판지에는 흘리듯이 써갈긴 단어 몇 개가 있었다. 메시지였다.

버스가 흔들릴 때마다 메시지도 조금 흔들렸지만, 카펫 재질의 좌석과 골판지 옆면이 나쁘지 않은 마찰력을 만들어주는지, 그의 귀한 메시지는 제법 안정적으로 나에게 전달되고 있었다.

abortion, 낙태, is, ~이다, a, 하나의, sin, 죄.

내가 이런 비싼 영단어들을 꿈엔들 잊힐 리야 잘도 기억하고 있구나, 생각하니 헛웃음이 절로 났다. 하지만 지금 이 순간, 여기 이 겉보기 아시안 걸이 메시지를 접수했단 걸 들킬 순 없기에, 재빨리 눈에서 힘을 빼 흐리멍덩하게 메시지와 나, 그 사이의 허공을 본다. 뒤이어 창밖을 보는 척 다시 한번 그와 메시지로부터 시선을 떨어뜨리자, 몇 년 전 마을버스에서 마주한 그와 그의 퍼포먼스가 자연스럽게 떠올랐다.

이제 와서, 산 넘고 물 건너 토론토까지 와서야 생각해보니 조국의 그는 그래도 뭐랄까, 자신의 신체 능력을 극대화하여 목표한 메시지를 버스 속 머리들에게 무차별적으로 따박따박 장시간 반복적으로 쑤셔박는 정성을 갖고 있었다. 그에 비해 지금 토론토 버스 안 양친구와 메시지는 내용 면에서 분명 훨씬 공격적이긴 하나, 누군가의 머릿속까지 싹 진입하기에는 형식적으로나 성의 면에서나 아쉬운 점이 많았다. 이렇게 대놓고 누구누구를 비교하고 이러는 건 물론 안 되는 일이지만, 아닌 말로 우리 코리아에서는 동네의 그 힘든 친구마저도 그렇게 마을버스에서 몸을 꺾고 쉬지 않고 소리를 내며 일하는데, 지금 이 양친구는 메시지를 프린트도 안 해오고, 택배 박스 하나 뜯어 손글씨로 대충 한번 휘갈겨서 막 이렇게 전달하려는 거 자체가 이거는 좀 아니다, 라는 생각을 지우기 힘들게 했다. 앞쪽에서 뿜어나오는 그와 메시지의 존재감을 느끼며, 비록 정면을 보지는 못하더라도 나는 마스크 속에서 입을 삐죽거리며 "약해, 임마. 약해"라고 읊조린다.

그러다 어느 순간 문득,
아니 설마?

나도 모르게 잠시 그의 존재를 잊은 채, 본능처럼 재빨리 고개를 길게 뽑아 좌우 앞뒤를 둘러보며 버스 안 사람들을 확인해본다.

어머 시발,

그제서야 그가 버스 안 승객 중 유일한 겉보기 아시안 걸인 나를 '선택'했단 것을 깨닫는다. 그는 고국 마을버스의 그처럼 무작위 승객을 향해 일괄적으로 메시지를 뿌리는 방식을 취하지 않고, 처음부터 오직 단 한 사람의 관객을 선정해 퍼포먼스를 펼치고 있었던 것이다.

지금 그에게 나는 이 버스 안 1등 가임기이며 가장 시급히 메시지를 전달받아야 하는 위기의 존재이자, 무엇보다 존나 개만만 하다.

그제서야 처음으로 고개를 들어 그의 눈을 쳐다본다.
곧바로 아이구야, 눈을 다시 내리깐다.

그의 퍼포먼스는 그가 버스에 오른 그 순간부터 소리 없이 완성되어 있었고, 나는 이제서야 내가 그의 핀조명을 받는 유일한 관객이었음을 인지했으며, 그로 인해 이 퍼포먼스는 이제 전혀 다른 국면으로 이해되기 시작한다. 버스는 여전히 비非아시아적인 느린 속도로 달리고 있고, 나는 어떻게든 이 공기를 견뎌야 한다. 왜냐면 환승 할인이 없으니까.

우연인지 의도인지, 내가 내려야 할 정류장 바로 전 정류장에서 그와 그의 퍼포먼스가 마침내 하차했다. 물론 그의 소중한 골판지도 함께였다. 그의 퍼포먼스는 한 번에 많은 관객을 만나지 않으므로, 하루를 쪼개어 여러 번 짧게 진행되겠다는 생각이 들었다. 체력 소모가 크지 않은 만큼 거의 맘먹은 횟수만큼 매일도 가능하겠다 싶었다.

나는 정신적 인터미션도 없이 매우 길었던 퍼포먼스를 홀로 관람한 여운을 한 정거장 동안 먹먹히 느끼고, 정확히 내려야 할 곳에서 놓고 내린 것 없이 잘 내린 스스로를 칭찬한다. 그리고 그 때 그 시절 그 마을버스에 울려퍼졌던 그 말을 나도 한번 읊조려 본다.

사람도 인생도 너무너무 오는구나. 오늘도 이렇게 얻어맞는다.

● ○

남근 아트

여행의 백미는 아무래도 목적 없이 흥청망청 낯선 길을 걷는 일이라 할 수 있다. 대단한 이름이 붙은 곳이 아니어도 그냥 익숙지 않다는 것 하나로 충분히 매력 있다. 상권이 아닌 골목길에 무작정 발을 들여보기도 하고, 짜잘하게 쪼개진 거리로만 다니면서 여기엔 뭐가 있나 참견도 해가며 자연과 인공 사이를 헤집어 걷는 것, 그렇게 여기저기를 쏘다니다보면 생각지도 못한 곳에서 반드시 남근 아트를 만나게 된다.

남근 아트는 대놓고 번영과 부귀영화를 위해 고안된 각종 공공미술 남근상들을 포함, 전혀 관련없는 듯하지만 은근히 그 모양이 미사일이나 가지처럼 조금 그렇고 그런 모습인 조각들을 일컫는 말이다. 누가 그렇게 부르냐? 바로 내가. 남근 아트는 생각보다 생활 곳곳에 속속들이 침투해 있어서, 조금만 그런 시선을 가지면 굉장히 쉽게 마주칠 수 있다. 말하자면 꽤나 포괄적이고 대중적인 형태의 아트라고 할 수 있겠다.

하지만 예정된 협업 전시의 설치를 마무리하고, 본격 할일 없는 관광객이 되어 아무렇게나 걷는 중에 조국 땅에서나 낯익게 보았던 남근 아트를 이렇게 노골적으로 토론토 시내 정중앙에서 마주치게 되리라곤 예상치 못했다. 둥글고 길쭉한 원통 형태를 하고 끝부분에 모자를 쓴 듯한 추상적이고도 사뭇 구체적인 그 조각은 꽤 먼 발치에서 봐도 절대 부정할 수 없는 '그것'이어서, 나도 모르게 좌우를 두리번거리며 헛기침을 할 수밖에 없었다. 이런 것을 이렇게나 확 열린 공공장소에서 봐도 되나 하는 물음, 그리고 야, 토론토도 남근 앞에 장사 없구나 하는 불순한 공감이 교차했다.

호기심과 배덕감을 이기지 못하고 조심스럽게 조각상 가까이에 다가갔다. 잘 관리된 파릇한 초록 잔디 위에 우뚝 솟아 있는 그 모습에, 허허 이거 이거, 하면서도 발걸음을 멈출 수는 없었다. 주로 거칠고 구수한 조국의 남근 아트와 달리 어딘가 모르게 주변

환경이 숭고하게 구성되어 있어, 같은 그것이어도 나라마다 정취는 다른 건가 하는 생각이 들었다.

마침내 생각보다 아담한 조각상 앞에 다다라, 탑돌이하듯 한 바퀴를 빙 돌려던 바로 그 찰나, 나는 허파 밑에서부터 치고 올라오는 경악에 크게 헉 소리를 내고 말았다. 충격적이게도, 남근 아트라 믿어 의심치 않았던 그 조각상은 단발머리를 한 여성 시인의 두상이었다. 얌전한 자갈치 헤어스타일로 조각된 이 두상의 뒷모습을 내가 남근 아트로 착각한 것이었다.

아무도 모르지만 나 혼자 너무 아는 민망함이 순식간에 온몸을 휘감았다. 초겨울 날씨였지만 패딩 속이 금세 후끈해졌다. 남근 아트 세계관에 쏙 빠져 있는 나의 시신경과 뇌세포가 부적절한 노출을 시작한 것 같았다. 상황을 회피해보고저 다급히 눈에 들어오지도 않는, 고인이 된 시인의 이름과 짧은 설명 구절을 참회라도 할 것처럼 허겁지겁 들여다본다. 읽지만 읽히지 않지만 그래도 막 한참 그렇게 한다. 그러다 고개를 들자 시인의 눈과 바로 마주친다. 고개는 다시 저절로 떨구어진다.

나는 쓰레기.

지금 이 순간 나는 참혹한 쓰레기이다.

바다 건너, 너무나 멀리서 온 신박한 쓰레기이다.

격정적인 감정이 조금 가라앉은 후, 나는 조심스레 다시 고개를 든다. 용기를 좀더 내어 빳빳이 세워본다. 그러곤 끝까지, 아까 못 돌았던 조각상 한 바퀴를 휘 돌아본다. 이 와중에도, 이런 주제에도 꼭 지금 확인하고 싶은 것이 있었다. 오랜 세월 단련된 냉정한 시각예술가의 눈으로 나는 이 조각을 다시 한번 보고 싶었다. 그렇게 나와 조각이 다시 만나고 서로를 이해할 구석을 마련해내고 싶었다.

그러곤 결국, 이런 결론에 도달할 수밖에 없었다. 여성, 시인, 뭐 이런 계급장 다 떼고, 이것은 솔직히, 적어도 360도 중에 90도 정도는 완연한 남근 아트이다. 머리를 여러 번 도리도리하여 청량한 뇌로 다시 봐도, 이것이 어느 정도는 남근 아트라는 것을 부정할 수는 없다. 모양적으로, 형태적으로, 미술적으로 그러하다. 그것은 인정할 수밖에 없는 사실이다. 나는 문학인으로서 시인에게 사과하고, 시각예술가로서는 미안해하지 않기로 한다.

여전히 민망은 하다. 하지만 여기서 이런 발전적 메시지를 읽어낼 수 있을지도 모른다.

따지고 보면, 그래, 결국 세상 좆 없는 자 어디 있겠는가. 다들 어떤 식으로든 자신만의 좆과 좆스러움을 안고 살아간다. 이 거대한 좆세상에서 우리 모두는 어쨌든 조금은 남근 아트이다. 원하든 원치 않든, 내용이 진짜 전혀 아닐지라도, 모양이라도 쪼끔은 그럴 수 있다.

그런 것을 인정하는 우리가 되자.

그런 우리가 좋다.

나이아가라

이것은 관광할 수 있는 것이 아니라는 생각이 들었다. 정말로 엄청난 것은 아마도 목격될 수 없다. 사람들이 목격할 수 있는 만큼만 위대해야 위대하다는 소리를 들을 텐데, 그 정도를 맞춰내는 일이 그렇게 쉬운 일은 아니었나보다.

가까이 다가가면 갈수록 눈을 뜰 수가 없었다. 어떻게든 전체를 파악해보려 해도 솟구치는 연기 같은 물보라가 계속 경계선을 흐려 어디부터 어디까지가 '이것'이라고 할 수 있을지 몰랐다. 지독하게 불편했다. 축축하고 미끄럽고 시끄러웠다. '떨어짐falls'이라는 이름이 무색하게, 불이라도 난 듯 계속해서 흰 연기가 위로 위로 피어올라 시선을, 감각을 가로막았다. 혹은 압도해버렸다.

　　나의 소중한 고어텍스 재킷을 기준으로, 나는 그것이 방수하시는 만큼만 나이아가라에 다가갔다. 재킷의 후드를 눌러쓰고 한껏 끈을 조여 눈만 빼꼼히 내놓았다. 한참을 안전바에 매달려 엄청나게 한 방향으로 돌진해대는 물덩어리를 바라보았다. 비싼 재킷을 사길 참 잘했다고 생각했다. 그리고 지금 눈이 소화하려 하고 있는 이 풍경이 너무나 못 만든 CG 같다는 생각을 했다.

　　나이아가라 폭포에 꼭 갈 거라고 말할 때마다 다녀와본 사람들은 다들 실망할 거라고 말했다. 막상 가보면 규모가 그렇게까지 크지 않고, 축축하고 불편하기만 하다는 얘기였다. 이제 그 말이 무슨 뜻인지 알 것 같았다. 코리아 원룸에 사는 주제들이 감히 이 규모를 진짜로 작다고 생각할 수는 없었을 것이다. 다만 나는 그 말의 배경에 있었을, 그렇게 정리되어야 했을 감각의 경험을 이해할 수 있을 것 같았다.

　　이것이 CG였다면, 몰입형 전시였다면, 관람은 매우 용이했을 것이다. 거대하게 넘실대는 물의 장엄한 움직임을 꼼꼼하고 편안하게, 그렇지만 '진짜'처럼 경험할 수 있었을 것이다. 하지만 내가 경험한 나이아가라는 '존재'에 가까웠다. 살아 있는 '존재'와

산다는 것에는 그의 똥냄새와 입냄새를 견디는 일이 포함되어 있듯, 나이아가라와 함께한다는 것은 본 적 없이 콸콸 쏟아지는 물덩어리의 경이와 스펙터클뿐만 아니라, 그것이 낙차를 견디고 바닥과 부딪치면서 만들어내는 무수한 물방울 덩이덩이와 연기, 그로 인해 자꾸만 가려지는 시야와 기분 나쁘게 젖어가는 온몸이 포함된 일이었던 것이다.

폭포를 아무리 보고 또 봐도 나는 눈앞이 자꾸만 모자이크 처리되는 것처럼 느껴졌다. 폭포의 알몸을 온전히 두 눈에 담을 수 있을 거라 기대했는데, 막상 와보니 그 알몸은 너무 거대해서 선명하지가 않았다. 마치 거대한 스크린의 영화관 1열에 앉아 전체를 보려고 안간힘을 쓰는 느낌이 들었다. 게다가 기분 나쁜 땀방울까지 뿜어대고 있어 눈이 자꾸 뿌예졌다. 피부도 괜스레 가려워졌다.

쉬지 않고 쏟아지는 물방울 사이에서 양인들이 보기에 '없다'고까지 말해지는 눈을 억지로 연신 뜨고 떠가며, 나는 이 '폭포'라는 것을 눈과 머리에 담아내려고 했지만 계속 실패하고 있는 것 같았다. 그리고 그 실패는 점점 더 축축해지고 으슬으슬해지는 몸이 마침내 날카로운 짜증에 이르기까지 지속되었다.

기어코 떨어지기 위해 빠르게 일렁거리는 물덩어리들을 어떻게든 떨리는 손으로 받쳐가며 카메라에 담아내려고 했지만, 결국 '폭포falls'의 본질이라고 할 수 있을 그 떨어짐, 그 낙차가 경험되는 지점과 순간은 안개 속에 가려져 영원히 보이지 않을 것 같았다. 어떻게든 보려고 하면 할수록 답답한 마음만 커졌다.

17층 호텔방에 오자 폭포 전체가 아주 잘 내려다보였다. 그 것도 사실은 '폭포'가 보였다기보다 폭포가 포함된 '현장'이 보인다는 것이 더 정확한 표현이었다. 하지만 적어도 외계 행성이 떨어져 만들어낸 분화구처럼 움푹 파인, 폭포가 시작되고 끝나는 부분 전체를 내려다볼 수는 있었다. 그리고 그로 인해 나이아가라와 그 주변 모두를 파악한 듯한 착각은 할 수 있었다. 중요 부위는 모자이크 때문에 하나도 보지 못했지만 말이다.

나는 나이아가라에 대해 어떤 감상을 전하는 것이 매우 복잡한 일이라는 생각을 했다. 이것은 분명 너무 거대하고 너무 불편한, 스크린 밖 진짜 자연이었고, 그래서 결코 제대로 경험하고 소화할 수 없을 것처럼 느껴졌다. 이렇게 거대하고 위대한 것은 지나치게 압도적이어서, 전체를 소화할 만큼의 내장이 이쪽에서 준비되지 않아서, 결국 '그저 그렇'거나 '별로'라는 생각으로 편리하게 수렴되는 것이 아닐까.

그런 내장은 인간 생애 내에 준비되기 어려워서, 결국 폭포뷰 호텔방이나 헬리콥터 같은 것으로 간극을 때워보려 하지만, 그래도 정말 시원스레 속속들이 알몸을 파악할 수는 없기에 그 경험은 '별로'라고 말할 수밖에 없을 것이다. 진짜로 그 알몸을 보려 했다가는 목숨을 내놓아야 할 텐데, 우리는 뭐 그 정도까지 할 생각은 없으니까 말이다.

그래서 나이아가라는 억울할 것 같다. 그래서 더 그렇게 물을 콸콸콸 쏟아내는 것인지도 모르겠다.

세상 누구라도 좆도 모르는 새끼들한테는 본때를 보여주고 싶은 마음과, 그만큼 더 큰 물안개를 만들어 아예 접근도 못 하게 하고 싶은 마음이 둘 다 들 테니까. 정말 크고 위대한 것은 아마도 그런 것이다.

갈회색의 거위떼들만이 두 발에 번갈아 야무지게 무게를 실어가며 뒤뚱뒤뚱 나이아가라 폭포 주변을 걷다 날다 했다. 애네들은 정말로 폭포를 봤을지도 모르겠다는 생각이 들었다.

● ○

6년 만의 뉴욕

뉴욕은 여전했다. 하늘은 푸르고 변기는 높았다. 화장실에 갈 때마다 곡예하듯 까치발 스쿼트를 해야 얼마 안 남은 존엄성을 지켜내며 볼일을 볼 수 있었다. 그래도 얼마나 감사한가. 적어도 늦지 않게 화장실을 찾을 순 있었다는 부분 말이다.

뉴욕에 마지막으로 온 것은 6년 전이었다. 이 도시도 코로나를 포함한 여러 일을 겪으며 많이 변했고, 나 역시 예전과는 꽤 다른 맥락과 얼굴로 이곳에 다시 오게 되었다. 도시에 입성하는 방식 역시 인천에서부터 낮밤 전환의 고통 속에 수 시간의 비행을 견디

〈뉴욕 오렌지빌딩 나무 겨울〉

뉴욕은 여전했다. 하늘은 푸르고 변기는 높았다. 화장실에 갈 때마다 곡예하듯 까치발 스쿼트를 해야 얼마 안 남은 존엄성을 지켜내며 볼일을 볼 수 있었다. 그래도 얼마나 감사한가. 적어도 늦지 않게 화장실을 찾을 순 있었다는 부분 말이다.

고 나와, 일 분 일 초의 가성비를 계산하며 안달하는 식이 아니었다. 나는 이미 2주 전 협업 전시를 위해 인천에서 캐나다 토론토로 날아와 비슷한 고통을 미리 세련되게 마쳐놓은 상태였다. 토론토에서 뉴욕은 비행기로 약 한 시간, 이륙하자마자 착륙하는 김포-제주도 비행과 비슷한 느낌이었다. 공항에서 짐을 찾은 후 미화 6달러(당시 환율로 약 8500원)를 먹는 너무 똑똑한 스마트 카트smart cart를 발견하고 잠시 치를 떨었지만, 사실 이 정도는 그리운 고향 땅도 뒤지지 않는 부분이기에 금세 털어버릴 수 있었다.

두 개의 캐리어를 달달 끌고 공항 건물에서 조금 걸어나오자, 친구 커플이 차를 갖고 마중나와 있었다. 후웁, 나는 깊게 탄복했다. 그렇다. 그것은 진실로 아름다운 풍경이었다. 6년 전이었다면 나의 친구라는 사람들은 혈혈단신 따뜻한 마음만을 담뿍 가지고 나와, 캐리어 하나 정도를 대신 끌어주며 지하철을 함께 타고 시내로 가주었을 것이다. 하지만 이제 나의 뉴욕 친구 중에는 몸과 짐을 실을 기계를 가진 자가 생긴 것이다. 아름다웠다. 그 모든 것이. 오자마자 눈을 번뜩이며 여권과 핸드폰을 꼭 쥐고 굳어 있지 않아도 되었고, 예상보다 언제나 더 무거운 캐리어를 원망하며 여독에 독을 더하지 않아도 되었다. 기계가 꽤 희망이었다. 따뜻한 마음은 약간 과대평가되었다.

　뉴욕에 오니 먹는 족족 음식들이 너무 다 맛있어서 살맛이 났다. 하지만 그렇게 며칠을 보내고 나니, 이 가격에 맛이 없으면 사람 새끼도 아니라는 생각이 들었다. 원래도 비싼 물가에다 코로나를 거치며 음식 가격이 많이 올라 있었다. 친구는 어려운 시기이니만큼 서버들에게 팁도 예전보다 많이 줘야 한다며, 새는 코리안바가지 단속하듯 나에게 단단히 언질을 주었다.

　나는 양나라 서버 친구들에게 아주 양가적인 감정이 들었다. 어떻게든 셈을 피하려 '이럴 거면 그냥 내가 갖다 먹을게' 하고픈 굴뚝같은 마음과 함께, 그들의 부정할 수 없는 탁월한 업무 능력에 대한 경외심을 감출 수 없었다. 더구나 이번 여행에서 만난 뉴욕의 서버들은 전염병의 시대를 버텨내고 있는 이들이었다. 테이블에 앉기 전까지 분명 뭘 먹을지 딱 생각하고 들어왔는데도 나는 어느 틈엔가 서버 선생이 권하는 대로 수리술술 음식을 받아먹고 있곤 했다. 딸려가려는 정신을 꼭 붙잡고 원래 계획했던 메뉴의 주문만을 깔끔히 마쳤을 때에도, "음료는?"이라는 천진한 복병 같은 질문이 메뉴판을 덮으려던 손 사이를 민첩하게 파고들면 "노 땡큐" 같은 부정적인 말은 차마 입 밖으로 내지 못한 채, 약간 구석에 몰린 마음으로 다시 초조하게 메뉴판을 열곤 했다.

하지만 사실 진짜 문제는 이 모든 과정이 된통 당했다는 느낌이 들도록 불쾌하거나 억지스럽지가 않다는 점이었다. 만약 누군가 뉴욕 서버의 능수능란함을 경계하여 나를 보호하려 날을 세운다면, 나는 기꺼이 그 칼날로 빵을 썰며 "그를 비난하지 마! 내가 원한 일이었어!"라고 울면서 말할 것 같았다. 분명 내 돈이 숭숭 나가고 있는 상황인데도, 뺏기는 기분이 들기보다 '그래, 내가 돈 좀 쓸 줄 알지' 하는 근본 없는 호승심이 북돋워졌다. 그렇게 마침내 내 돈은 나보다 그들에게 속하는 것이 더 자연스럽다고 느끼는 지경에 이르렀다.

분 단위 초 단위로 자신을 증명해내야 살아남는 신자유주의 대大압박의 시대, 낯선 땅의 위대한 서버들은 메뉴를 참 잘 골랐다고, 어쩜 그렇게 맛있는 걸 잘도 알아보냐고, '똥도 잘 싸네'와 같은 근원적 칭찬을 해주고, 내가 고른 그 음식을 자기도 제일 좋아한다는 높은 수준의 공감을 표현하며 이 순간 더 행복해질 수 있는 사리 추가 비법까지 전수해주는데, 이게 진짜가 아닌 건 나도 누구보다 잘 안다. 엄청난 수의 다양한 인간들이 살아 숨쉬는 이 도시에서 서버의 말마따나 나만이 그렇게 특출나고 전례 없는 메뉴 선택을 할 리 없다는 것, 아주 잘 알고 있다. 그러나 우리 현대 코리안들이 생의 전반에 걸쳐 이렇게 따사롭고 사사로운 지지를 쉽게 경험할 수는 없다는 것, 이 부분만은 다들 인정해야 한다고 나는 생각한다.

물론 이것은 진짜 현금이 오가는, 조건이 확실히 붙은 거래이다. 그럼에도 너무 단순하고 직접적인 지지여서일까, 나도 모르게 말들에 만취해 돈을 막 낸다. 그리고 동시에 이 소중한 관계에 돈이 오간달지 하는 상스러운 부분은 절대 핵심적인 부분이 아니니까 못 본 체하려 한다. 그래서일까, 나와 서버는 급기야 같은 편처럼 느껴지기도 한다. 우리는 레스토랑이라는 미션을 가장 효과적으로 정면돌파해내려는 코치와 선수 같은 거다. 코치의 우쭈쭈에 어깨가 한껏 올라간 '나'라는 선수는 이게 내 진짜 실력이라 믿어버리고, 코치는 결국 그렇게 처먹고도 팁은 여전히 코리안을 벗어나지 못하는 이 선수에게 정이 결국 떨어지긴 할 것이다.

하지만 애초에 내가 팁 같은 걸 주도록 길러진 사람이 아니란 걸 감안하면 그네들만큼은 아니어도 나로서는 거의 진심을 내놓았단 걸, 나의 위대한 서버들이 모르겠지만 알아주길 바란다. 팁과 같은 양나라 문화는 현재 손님인 나에게 불리해서 그런지 몸에 쉬이 붙지 않을 뿐이다. 물론 내가 서버였을 땐 미끄러지듯 쏘옥 들어가 몸에 둘렀던 문화이다. 양나라분들께서 호텔 조식 라운지에 들어서실 때마다 그 걸음걸음에 얼마나 설렜는지 나는 아직도 생생히 기억하고 있다. 부디 그들의 내면이 아직 충분히 서西쪽이길, 팁을 주지 않고는 맘이 불편한 그네들의 아름다운 전통을 절대 잊지 않길 바라고 바랐던 지난날들. 그렇다. 나도 한때는 좋은 선수들을 곧잘 선별하여 키워내는 좋은 코치였던 것이다. 하지만 역시 양나라 본토의 전통 앞에서는 속수무책으로 분수에 안 맞는 기량을 펼쳐내는 선수가 되고 만다. 분명 기량이 이 정도가 아닐 텐데도 자꾸 펼친다. 그렇게 잠시나마 생각 있고 더불어 살며 호탕한 존재로서 끼나라는 화려한 이벤트의 주인공이 되고저 한다.

식사를 마치고 거리로 나오면, 어느새 카드사에서 보낸 기막힌 숫자가 핸드폰 문자로 찍혀 들어와 있다. 가계부랄지 예산이랄지 그런 걸 바로 생각하는 건 너무 정 없으니까 나는 잠시 뉴욕을 걷기로 한다. 6년 전에도, 또 그 훨씬 전부터 익숙했던 이 쫄리는 마음을 군이 군이 눌러보고자 한다. 그래도 후회 같은 건 없다. 그런 건 이미 6년 전에도 소용없었다.

〈뉴욕 밤거리〉

식사를 마치고 거리로 나오면, 어느새 카드사에서 보낸 기막힌 숫자가 핸드폰 문자로 찍혀 들어와 있다. 가계부랄지 예산이랄지 그런 걸 바로 생각하는 건 너무 정 없으니까 나는 잠시 뉴욕을 걷기로 한다.

● ○

샤미 라자 미스테리아

조금도 의미를 알 수 없는 벅시글한 말들을 사방에서 들으며 멋쟁이 라티노 젠틀맨들이 그득한 카페베네 뉴욕 퀸스점을 지나, 토마토 커리를 사가 말아 하며 저녁거리를 고민하며 걷다보면, 된장 끓여놨다는 친구 커플의 의기양양한 문자메시지를 받고 고개를 저으며 집으로 돌아간다. 뉴욕 퀸스의 잘 구획된 주택가 빌라에 들어가 507호 벨을 누르고 화면에 콧구멍을 벌리고 있으면 친구가 질색하며 문을 열어준다. 닫힘 버튼이 조금도 닳아 있지 않은 엘리베이터에 몸을 싣는다. 두 발이 닿자마자 짜인 안무가 있는 듯 즉각 뒤를 돌아 차마 다 열리지도 않은 문에 닫힘 버튼을 누르며 제국의 느긋함에 일침. 다소 어둑한 홀을 지나 고동색 현관문을 두드리면 경쾌한 주황색 부엌과 차분한 에메랄드색 거실이 펼쳐진다.

각각 다른 밥이 담긴 그릇 3개를 기본찬으로 삼고, 기분 따라 골라 먹는 은빛 누룽지색 고양이의 이름은 샤미. 하지만 식사 때를 제외하면 그의 존재는 소문에 가깝다. 친구 커플의 침실 라디에이터가 있는 창가에 주로 머무는 그에게 나의 존재는 어디서 딸려왔는지 모를 배변용 모래알 정도. 코로나 발발로 한국에 가지 못한 친구 커플과 나의 갑작스런 동거 기간 내내 샤미 옹翁은 분명 함께였지만 내가 그의 용안과 몸짓을 접하는 일은 거의 없었다. 안기기를 즐겨하지 않는 그가 열여덟 해를 같이 살아준 이들의 품을 인내하며 몇 번 억지로 자신을 선보이긴 했지만, 그때마다 그는 곧 온몸을 버둥대며 자리에서 튀어올라 별꼴 다 봤다는 투로 언짢게 멀리멀리 동동동 가버리곤 했다. 다음해 여름 색색깔의 꽃에 둘러싸여 평안히 잠든 그의 사진을 봤을 때에는, 그것이 불가능했을지라도 그때 그를 더 많이 겪고 내 안에 담아내지 못한 것이 못내 아쉬웠다.

〈Cat 샤미 Eighteen〉

각각 다른 밥이 담긴 그릇 3개를 기본찬으로 삼고, 기분 따라 골라 먹는 은빛 누룽지색
고양이의 이름은 샤미. 하지만 식사 때를 제외하면 그의 존재는 소문에 가깝다.

〈미스테리아〉

나를 놓치지 않고 쫓는 두 눈이 있었다. 앙큼한 고양이의 이름은 미스테리아. 과연 부를 수 있을까 의심했던 그 이름은 의외로 '테'에 강세를 두고 밌떼에랴, 라고 발음하면 마치 적당한 길이의 이름인 듯 착각할 수 있었다.

●○

　이미 캘리포니아로 여행을 떠난 친구 직장 동료의 빈집에 나는 범죄처럼 등장했다. 그리고 그런 나를 놓치지 않고 쫓는 두 눈이 있었다. 빽빽이 벽을 채운 다양한 그림과 크고 작은 액자, 눈 나빠진다 소리를 들을 만한 조도를 가진 요새 같은 집에 사는 앙큼한 고양이의 이름은 미스테리아. 과연 부를 수 있을까 의심했던 그 이름은 의외로 '테'에 강세를 두고 밌떼에랴, 라고 발음하면 마치 적당한 길이의 이름인 듯 착각할 수 있었다. 침구를 정리하려 분주하게 움직이던 내 오른손을 깊게 찍어 할퀴어 타지 생활의 설움을 북돋워주고, 구석이 많은 집의 어둠 속에 숨어 잠복과 공격을 일삼던 미스테리아.

　그의 마음을 얻은 것은 의외로 끼니마다 경쾌한 소리를 내며 열리는 통조림이 아니라 화장실 현장을 신속하게 복구하는 나의 행동력과 기민함이었다. 언제나 유난하다 소릴 듣는 후각이 감각한 즉시 똥모래를 퍼내어 검거하고, 바로 신문지에 포장해 현관 밖 아파트 쓰레기통으로 구속시키는 내 모습을 지켜보던 그는 조금씩 내 다리에 몸을 스치는 듯하더니 이틀 만에 자신의 엉덩이를 내 몸에 착 붙이기 시작했다. 하지만 여전히 한창 쓰다듬을 즐기다 돌연

손가락을 물어버리는 그의 악취미에 적응하기는 쉽지 않았으며, 쥐 인형이 달린 낚싯대를 들기만 해도 엉덩이를 심하게 흔들며 흥분하지만, 그렇게 전희만 즐긴 채 가버려 매번 찜찜름하게 끝나는 조루 같은 사냥놀이에서는 카타르시스를 느끼기 힘들었다.

2주 후 그 집을 떠나던 날, 미스테리아는 한참을 내 여행용 캐리어에 앉아 애잔하게 내 쪽을 돌아보는 일을 반복해, 첫날의 내 손등에게 그랬듯 내 마음을 발기발기 찢어놓았다. 가난뱅이 주제에 뉴욕에 온 나를 거두어준 미스테리아에게 여러 번 머리를 조아리며 감사를 표하고, 마지막 할큄 혹은 애정을 간신히 피해 현관문에 끼기듯 최소한의 틈을 만들어 집을 나섰다.

● ○

눈처럼 하얀 개의 이름은 라자였다. 하얀 겨울 산책을 하다보면 어느 순간 개는 눈이 내린 땅과 구분할 수 없어졌다. 다만 그가 맑고 투명한 레몬색 오줌을 눈 위에 뽈뽈뽈 흘리듯 싸내리면, 그제서야 아, 저기 있구나 하고 오줌을 따라 눈이 개를 쫓았다. 이집트 석상 하나가 떡하니 입구에 놓인 검은 대문집을 나서면 개는

2022/SAN FRANJIA

〈라자 홈〉

눈처럼 하얀 개의 이름은 라자였다. 하얀 겨울 산책을 하다보면 어느 순간 개는 눈이 내린 땅과 구분할 수 없어졌다. 다만 그가 맑고 투명한 레몬색 오줌을 눈 위에 뽈뽈뽈 흘리듯 싸내리면, 그제서야 아저기 있구나 하고 오줌을 따라 눈이 개를 쫓았다. 이집트 석상 하나가 떡하니 입구에 놓인 검은 대문집을 나서면 개는 줄을 끌어 나를 바다로 데려갔다. 라자는 바다를 산책하는 개였다.

줄을 끌어 나를 바다로 데려갔다. 라자는 바다를 산책하는 개였다. 뉴욕의 남쪽 스태튼아일랜드, 안전요원 없이 방치된 고요한 해변으로 우리는 함께 건듯이 뛰어갔다.

그곳에는 매일 새롭게 떠밀려 등장하는 것들과 반드시 사라지는 것들의 리듬이 있었다. 영하의 날씨에도 해변을 뛰고 마는 아침 조깅족들의 발자국이 없어지는 데는 반나절이 필요 없었다. 아직 살점이 조금 남아 있는 생선의 사체가 지워지는 데는 하루이틀 시간이 걸렸다. 오고가는 갈매기, 바람, 모래, 그런 것들이 조금씩 생선을 생선이 아니도록 만들었다. 조개나 게 껍데기 같은 것은 더욱 빠르게 자취를 감추었다가 금세 조금 다른 모양으로 나타났다가를 반복했다. 엉뚱하게 텅, 모래사장 중간에 널브러져 있던 검은 나무기둥은 한때 라자가 반드시 오줌을 남기는 지점이었지만, 그것 역시도 애초에 거기 있던 이유만큼 알 수 없는 이유로 어느 날 훅 없어져 있었다. 그 모든 변화들에도 불구하고 해변은 언제 어느 때고 해변다웠다. 언제든 빈자리가 느껴진 적은 없었다. 어느 날 핸드폰으로 해변가 사진을 무심히 넘겨보다가 문득 맞다, 이런 나무기둥도 있었네, 라고 억지로 더듬어 기억해낼 수 있을 뿐이었다.

나 역시 그 해변에 밀려온 잡다한 무엇들처럼 그 검은 대문집
에 등장했고, 또 비슷하게 사라졌다.

〈2021 DEC NYC〉

나 역시 그 해변에 밀려온 잡다한 무엇들처럼 그 검은 대문집에 등장했고, 또 비슷하게
사라졌다.

●○

미술관 가슴

좋은 전시, 좋은 작품을 만나는 경험이 창작자로서 기묘한 반성을 일으킬 때가 있다. 부동산을 한껏 낭비해가며 외부 세상과 단절된 듯 착각을 일으키는 화이트 큐브 환경은, 그래 쓰벌, 세상이 뭐 그렇게 중요하냐, 예술이나 허자 같은 마음이 들게 한다. 예술과 무관한 잡생각이나 경험들이 딱 이분법적으로 '창작하지 않는 시간'에 불과하다는 예술지상론, 예술개짱론에 순식간에 빠져든다. 이것은 분명 착각이지만, 일견 꿍 하고 흔들리던 예술 마음에 새바람을 훅 불어넣어주는 좋은 착각이기도 하다. 이러면 나는 보통 그길로 카페든 집으로든 얼른 어딘가로 들어가 뭔가를 만들기 시작하기 때문이다. 어쨌거나 이 삶을 '창작하는 시간'이 더 많은 삶으로 만들고 싶다는 열망을 실천하고 싶어지는 것이다.

하지만 솔직히 그런 마음도 뭐가 '적당히' 와줘야 생기는 것이다. 너무 거대한 미술관이나 박물관에 가면 나는 으레 중간도 못 가 화가 머리끝까지 난다. 그렇게 탈출구를 찾기 시작한 지점에서 또 천릿길을 걷고 또 걷다보면, 그대로 완전히 지쳐 화도 맥도 다 풀려 하루를 마감하게 되곤 했다. 뉴욕 메트로폴리탄 미술관도 조금 그러했다.

게다가 그날은 이상하게도 미술관에 입장하자마자 급작스럽게 오줌이 마렵기 시작했다. 나는 미술에 앞서 서둘러 화장실을 찾아 헤매기 시작했다. 드물게 만날 수 있던 미술관 직원분들은 길을 물을 때마다, 그저 더 더 더 깊게 미술관 안쪽으로 들어가라고 친절히 말해주었다. '설마 이 정도까지?'라는 생각이 들 정도로 말도 안 되게 계속 직진만 하고 있었는데도, 모두가 더 더 더 더 가서 크리스마스트리가 나왔을 때 우회전하라고 했다.

그렇게 한참을 걸어 즐겁게 사진을 찍어대는 행복하고 오줌이 안 마려운 관람객들에 파묻힌 시즌의 명물, 크리스마스트리에 다다른 나는 곧바로 악 소리를 지를 뻔했다. 그래, 미술관 정문에서 화장실이 직진으로 먼 것까지는 그럴 수 있다 치겠다. 볼일이라는 것은 어쨌든 은밀하고 사적인 비즈니스니까 말이다. 하지만 그렇다면 모두가 말한 그 대단하신 크리스마스트리에서 우회전한 지점에서는 화장실이 적어도 시작은 되어야 인지상정이라 나는 생각했다. 트리의 오른편에는 마주보고 있는 두 개의 큰 거울 속 형상처럼 또다시 끝없는 다음 전시실과 다다음 전시실, 다다다다다가 시작되고 있었다.

더이상 물러설 곳은 분명 없었다. 나는 한 발자국이라도 내딛으면 곧바로 개방되어버릴 것 같은 수문을 다시 한번 힘주어 봉쇄하고, 다리 사이가 최대한 벌어지지 않도록 주의하며 뛰듯이 걷기 시작했다. 진귀한 시절들, 아마도 비잔틴과 르네상스였을 미술들과 각종 전쟁 갑옷 여러분들을 휘몰아치듯 지나며 그 장대한 규모에 이를 득득 갈았다.

그리고 마침내, 정문에서부터 여기까지 신체적 존엄성을 지켜낼 수 있는 극히 일부만을 위한 것이 분명한, 올 젠더all gender 화장실에 다다랐다. 그토록 끈질기게 지켜낸 사생활이 드디어 적절한 때와 장소를 만나 완전히 해방되는 순간이었다.

(…프라이버시…)

어쩐지 한 뼘 더 어른이 되어버린 듯한 비장한 마음으로 성문을 열듯 천천히 화장실 문을 열고 나와 크게 한숨을 한번 쉬었다. 나의 관람이 이제서야 이렇게 산뜻이 시작되려 하고 있었다.

하지만 급박한 순간을 겨우 넘기고 난 몸은 이미 비상시 에너지까지 전부 써버린 상태였다. 나는 누워야 하는 몸을 이끌고 안식처를 찾아 헤매다 하얀 유럽인 조각상들 근처 대리석 벤치에 대충 엉덩이를 얹을 수 있었다. 비로소 범사에 감사하며 미술을 봐줄 수 있을 것 같았다. 섣불리 다리를 쓰려 하지 않고 이 자리에 앉아 최대한 많이 보자는 생각으로 띄엄띄엄 배치되어 있는 조각상들을 하나하나 주의깊게 살펴보기 시작했다.

유난히 여자 조각상들이 많이 있었다. 그들은 하나같이 뭔가 아주 드라마틱한 포즈를 잡고 있었다. 그리고 나는 그토록 드라마틱한 와중에 자신의 가슴을 제대로 챙기지 않은 그녀들을 어떻게 봐야 할까 생각하기 시작했다. 그러니까, 지금 가장 가까이에 있는 이 여인상은 한쪽 무릎을 꿇고 수확한 곡식을 줍고 있다 주장하고 있는데, 기울어진 몸통을 따라 옷 비슷한 옷감이 어깨 밑으로 흘러내리고 있고, 어쩐 일인지 딱 한쪽 가슴만 절묘하게 수

납이 되어 있지 않다.

다른 사람들은 저 가슴이 신경쓰이지 않는 걸까 싶어 잠시 주위를 둘러보았지만, 그들 중 미술이 아닌 가슴 생각을 하는 건 나 혼자뿐인 것 같았다. 물론 나도 꽤 점잖고 예술 좀 배운 사람으로서, 미술에서 여자 가슴 안 챙기는 게 하루이틀 일이 아닌 것쯤은 누구보다 잘 알고 있었다. 하지만 오늘따라 유독, 기왕 안 챙길 가슴이었다면 양쪽 다였어야 한다는 생각을 떨칠 수가 없었다. 왜냐면 경험적으로다가 저렇게 한쪽만 무방비하게 개방되어버리면, 체온적으로 굉장히 부적절하기 때문이었다. 한쪽 가슴만 불균형하게 추워서 전체 체온이 이상해지는 느낌이랄까, 이런 거 사람들은 모르나.

나는 그런 연유로 자꾸만 그 조각에 눈이 가서, 기왕지사 이것도 인연이다 싶어 그림이나 한 장 그리기로 했다. 그렇게 그림 하나를 그리고 기지개도 한번 펴고, 할일 다 했다 싶어 집에 가려는 순간, 가슴 시린 기억 하나가 불현듯 머리보다 감각으로 먼저 스며왔다.

억지로 겨드랑이 살까지 한껏 당겨 만든 가슴이 가로 및 세로로 꾸아악 눌렸다. 누르는 압력은 인간의 솜씨일 수 없게 충분

〈미술관 가슴 1〉

나도 꽤 점잖고 예술 좀 배운 사람으로서, 미술에서 여자 가슴 안 챙기는 게 하루이틀 일이 아닌 것쯤은 누구보다 잘 알고 있었다. 하지만 오늘따라 유독, 기왕 안 챙길 가슴이었다면 양쪽 다였어야 한다는 생각을 떨칠 수가 없었다.

히 일정해서, 이것은 욕망의 대상이 된 것이 아니라 그냥 기계식 유방암 검사라는 걸 실감케 했다. 이토록 우악스럽게 몸을 잡아 눌러 속을 보겠다는 기계가 아직도 현대 의학에 있음에 경악하는 틈을 타 검사는 끝이 났다. 문제 소견이 있으면 연락이 갈 것이라는 말을 듣고 서둘러 네네, 병원을 나섰다. 머칠이 지난 후, 그렇게 실컷 가슴을 눌러 짜던 주제에 제대로 그 안을 들여다보지도 못했다는 한심한 기계의 변명이 전해졌다. 두 달 남짓의 긴 해외여행을 앞두고 있는 되게 잘나가는 사람 같은 사정을 전해, 인간 의사의 세심한 초음파검사 예약을 빠르게 잡아냈다.

상의를 벗고 어둑한 검사실에 눕자마자 곧바로 들어온 의사가 가슴과 배 사이에 젤을 뿍 짜더니 편의점 바코드 읽는 기계를 쏙 빼닮은 기구로 가슴을 이리저리 스캔하기 시작했다. 유구하게 성적인 역사를 가진 부위를, 세상 탈성적이고 사무적으로 대하는 그의 태도에 다소 경건한 마음이 들었다. 기구를 가슴에 대고 빠르게 쭉— 밀었다가 부드럽게 슬— 돌아오는 식으로 쭉슬쭉슬 구석구석을 훑는 그의 동작은 생각보다 훨씬 리드미컬하고 완급 조절이 훌륭했다.

흑백의 모니터 화면 속 불규칙한 점선면을 보고 있자니 괜스레 바다가 떠올랐고, 나는 눈앞의 의사가 그 바다 위에서 기운차

게 노를 젓고 있는 모습을 상상했다. 의사는 이따금씩 리듬 타기를 멈추고 알 수 없는 이유로 화면을 캡처하곤 했는데, 그럴 때마다 망했나? 생각하다가 그런 일이 서너 번 반복되자 나는 에라, 눈을 딱 감아버렸다.

　의사는 한 번에 가슴을 한 쪽씩 검사했는데, 그때마다 쉬고 있는 가슴 쪽에는 작은 사이즈의 타올을 덮어주었다. 나는 무릎처럼 접을 수 없는 젖꼭지가 가슴을 훑는 기구와 자꾸만 멋쩍게 마주치는 것도 좀 그랬지만, 무엇보다 가슴이 한쪽만 훤히 개방된 느낌이 너무 생소해서 이게 대체 어떤 느낌인 건지 파악하는 데 정신이 팔려 있었다. 한쪽만 뻥 뚫린 듯한 가슴은, 실연이랄까, 분명 뭔가를 상실중인 느낌을 주었고, 자다가 이불을 찼을 때 몸 한쪽이 시려서 깨는 한겨울 아침의 불쾌감과도 비슷한 감각을 자아냈다. 타올이 덮인 가슴이 반대쪽 가슴으로 따뜻한 응원을 보내지는 않을까 생각할 즈음 검사는 끝이 났다. 긴 시간은 아니었지만, 비대칭적으로 가슴이 시렸던 그 비일상적 감각은 내 몸 어딘가에 남아 나의 일부가 될 것이란 예감이 들었다.

　그리고 몇 주 후 그것은 결국 그렇게 그림이 되고 말았던 것이다.

2021129 Seyoung Kim

⟨미술관 가슴 2⟩

그것은 결국 그렇게 그림이 되고 말았던 것이다.

자연아 미술아

내일은 센트럴파크를 가, 라고 친구는 선언하듯 말했다. 그러니까 지금 단풍이 절정인데, 언제 갑자기 겨울이 들이닥칠지 모르니 있을 때 잘하라는 얘기였다. 어차피 인터넷으로 주문한 미국 유심카드가 아직 오지 않은 상황이라, 인터넷도 없이 헐벗은 채로 미술 같은 걸 찾아다닐 수는 없다는 생각이 들었다. 그래서 우정도 지키고 시절도 누릴 겸 뉴욕 센트럴파크로 향했다. 워낙 큰 공원분이셔서 어차피 전체를 한 번에 커버할 순 없으니, 공원 중앙에서 약간 위 지점부터 걸어내려오며 자연을 즐기기로 했다.

고국에서와 같은 단풍도 은행나무도 있었지만, 다른 땅에서

〈센트럴파크 형광잎 나무〉

고국에서와 같은 단풍도 은행나무도 있었지만, 다른 땅에서 다른 형광빛이 되는 잎들을 보니 나도 모르게 얼른 얼을 버리고 감탄할 수밖에 없었다.

〈센트럴파크 호수 경개〉

유독 파랬던 하늘에 붉은 계열 색들이 하나씩 더해지고, 그 색을 받은 잎과 나무가, 또 그것을 비춰내는 빛나는 호수까지 나를 덮쳐오자, 나는 순식간에 매우 심란한 마음이 되고 말았다. 이러면 뭐 어쩌라는 말인가, 하며 맥이 탁 풀렸다. 그러니까 이토록 아름다워버리면, 대체 예술가는 뭘 할 수 있단 말인가.

다른 형광빛이 되는 잎들을 보니 나도 모르게 얼른 얼을 버리고 감탄할 수밖에 없었다. 무엇보다 정말 다양한 풍경이, 자연이 속출하여 지루할 틈이 없으면서도 인공적으로 조성된 풍광 특유의 달달한 인간중심주의까지 있어, 그래, 좋았다고 인정할 수밖에 없었다. 날것의 자연을 투쟁하며 보면 좋으면서도 너무 힘든데, 이 정도로 적당히 인간의 손길을 감추며 조성된 자연은 몸과 마음에 싹 녹아들 수밖에 없었다.

곳곳에 배치된 벤치에 편안히 앉아 아이패드와 펜슬로 예술가 짓을 몇 번 하자, 시간이 금방 흘러가 노을이 질 듯 말 듯한 시간이 되었다. 유독 파랬던 하늘에 붉은 계열 색들이 하나씩 더해지고, 그 색을 받은 잎과 나무가, 또 그것을 비춰내는 빛나는 호수까지 나를 덮쳐오자, 나는 순식간에 매우 심란한 마음이 되고 말았다. 이러면 뭐 어쩌라는 말인가, 하며 맥이 탁 풀렸다. 그러니까 이토록 아름다워버리면, 대체 예술가는 뭘 할 수 있단 말인가.

자연은 참 압도적으로 아름답고 얄밉다. 예술을 한다는 건 항상 자연과 질 게 뻔한 경쟁을 반복적으로 하는 느낌이다. 어쩜 저렇게 자연은 자연스러우며 저렇게까지 사소하고 쉽게 아름다워버릴까. 이러면 예술은 대체 뭘 할 수가 있나. 저 색을 표현한들, 저 빛을 베껴온들, 저 불규칙한 균형감에 발맞춘들, 뭐 하나라도 자연에 버금갈 수 있을까.

숨막히게 아름다운 자연의 시간을 목도하는 순간, 그 경험이 온몸의 세포 구석구석 내리쬐듯 쏟아지는 그 순간, 나는 무릎을 팍 꿇게 된다. 유능한 댄서가 무릎을 보호하며 해내는, 그렇게 계산되고 대비된 무릎 찍기가 아니라, 그야말로 헉 소리도 못 내고 순식간에 무릎이라는 경첩이 팍 접혀서 앞으로 고꾸라지는 무릎 꿇음 말이다. 그것이 내가 아름다운 풍경을, 압도적인 자연의 아름다움을 마주할 때 예술가로서 느끼는 감정이다.

이 경험은 너무하다. 자연이라는 것은 너무도 무자비한 실력자이다. 특히 스마트폰 카메라가 손 안에 들어오고 나서 그 절망은 더더욱 손쉬워졌다. 절대로 이 자연은 담길 수 없다. 이것은 그냥 경험되고 휘발되는 것이다. 이를 재현하려는 모든 시도는 반드시 실패할 예정이다. 그럼에도 나는 매번 그 경험을 현실 속에서, 기억 속에서 잡아끌어 억지로 손으로 빼내어 표현해보려 한다. 그리고 그 시도들은 예상만큼 실패한다. 이것은 처음부터 그렇게 될 일이었다. 그래도 매번 '혹시나' 하는 마음으로 한 번 이상 시도한다. 그 시도들은 분명 조금씩일지라도 내 안에 쌓여 나의 일부가 되어주고 있긴 할 것이나, 그 하나하나의 요소는 모조리 자연에 대한 실패이다.

2021. 11. 16 seymkim

〈센트럴파크 프스숫 나무〉

자연은 참 압도적으로 아름답고 얄밉다.
예술을 한다는 건 항상 자연과 질 게 뻔한 경쟁을 반복적으로 하는 느낌이다.
이 경험은 너무하다. 자연이라는 것은 너무도 무자비한 실력자이다.

자연이 너무 좋다. 그리고 너무 눈물이 난다. 영원히 내 손을, 관념을 빠져나가버리는 그들이 너무 야속하다. 이 삶에서 영원히 재현할 수 없고 전달할 수 없을 그 무엇이 너무 애가 타서 눈물이 나버린다.

아니 근데 나는 또 미술을 보러 가면 천연덕스럽게도 갑자기 아예 다른 마음을 먹기도 한다. 어느 틈엔가 자연을 잊고 '자연 버금이'들이 지금 눈앞에 있다고 믿어버린다.

'이런 그림이면 이것만 보면서 평생 살지' 싶은 애들을 발견하게 되는 것이다. 드디어 핸드폰에 인터넷이 잡히자 바로 첼시 지역 갤러리를 왕창 방문했다. 좋은 그림 몇 점을 보고 나자, 내가 증말 아트 땜에 제 명에 못 죽지 싶어졌다. 이번 여행에는 일부러 종이나 펜 같은 물리적 재료를 쓰지 않고 아이패드로만 작업을 하자 생각했는데, 역시 또 디지털이 아닌 그림들의 물성을 맞닥뜨리니 당장 손에 잡히는 재료들이 무척 그리워진다. 지금 당장 돌아가고 싶은 곳이 있다면 그것은 재료들의 곁이다. 전시를 하나씩 봐나갈 때마다 재료를 마구 쥐고 만지고 낭비하고 싶은 충동이 강하게 찾아왔다.

아트, 쓰벌, 제발 나를 그냥 내버려두라!

〈센트럴파크 나무, 흙, 겨울 초록〉

자연이 너무 좋다.
그리고 너무 눈물이 난다.
이 삶에서 영원히 재현할 수 없고 전달할 수 없을 그 무엇이
너무 애가 타서 눈물이 나버린다.

우정 테스트

　　뉴욕에 사시는 친구 커플과 나는 오랜만에 함께 외출하여 백화점 세일 코너를 샅샅이 돌아다닌 후, 일본 식당에서 저녁을 먹었다. 평소 많이 먹지도 못하는 주제에 코스를 시키질 않나, 친구가 오늘따라 좀 오버한다 싶긴 했지만, 어쨌든 덕분에 한국에서도 쉽게 먹을 수 있는 일본 음식을 굳이 뉴욕에서 실컷 먹을 수 있었다. 거나한 식사를 마치고 집으로 가는 지하철 급행열차에 몸을 싣자 노곤노곤한 기운이 기분좋게 올라왔고, 마침 곧 빈자리도 생겨 오늘 하루도 참 잘살았다는 생각이 들 무렵, 바로 그맘때의 일이었다.

　　친구의 옆자리에 앉은 나는 얘 상태가 좀 안 좋은 것 같다는 생각을 하긴 했지만, 그래도 이런 일까지 목도하게 될 줄은 정말 모르고 있었다. 다리 사이에 백화점 종이봉투를 끼고 앉아 한동안 말없이 허공을 응시하던 친구는, 어느 순간 천천히 봉투에서 새로 산 바지를 꺼냈다. 그러곤 바지를 작게 돌돌 말아 떨어지지 않도록 배 쪽에 단단히 끼워넣더니, 곧바로 어떤 사전 예고도 없이 상체를 굽힘과 동시에 봉투에 고개를 처박고 구토를 하기 시작했다. 아직도 내 친구라는 애들의 이런 모습을 봐야 한다는 것에 충격이 컸으나, 새 바지를 망쳐버리지 않은 꼼꼼한 준비성만은 솔직히 무척 성숙했다고 말하지 않을 수 없었다.

연약하고 죄 없는 친환경 종이봉투는 친구의 조금도 담아내지 못한 채 거의 곧바로 바닥을 열어버렸고, 그저 친구의 입에서 지하철 바닥으로 뚫린 통로나 대롱에 가까운 역할을 하기 시작했다. 주변 승객들이 아주 합리적인 이유로 신속하게 최대한 우리에게서 멀리 사방으로 흩어졌고, 맞은편에 앉아 있던 친구의 애인은 자리에서 일어나 360도로 매우 쏘리하다는 말을 반복했다. 내부 사정을 모르는 야속한 급행열차는 언제나처럼 사람들을 내려주지 않은 채 많은 정류장을 그냥 지나쳐갔고, 마침내 가장 긴 마지막 구간을 지나고 있었다.

사람들은 조금이라도 우리의 무엇이 묻을세라 계속 조금씩 멀어지면서도, 괜찮다 괜찮다 억지미소를 지어 보이는 여유를 아직까지는 보여주었다. 꼼짝없이 우정이라는 쇠사슬로 묶인 나는 차마 친구 곁을 떠나지 못하고, 때때로 등을 쓸어주며 관계의 유한함에 대해 생각했다.

열차는 곧 막판 스퍼트를 내며 속도를 올리는 듯하더니 조금씩 흔들리기 시작했다. 그에 맞춰 친구가 꺼내놓은 내용들도 그 움직임을 따라 흐르기 시작했다. 흐름의 줄기가 시작되던 그 순간, 정말로 열차 안의 모든 사람들이 동시에 탄식하는 소리를 들을 수 있었다. 옆 칸으로 이동하는 선택지가 없는 구식 열차에 발이 묶인 승객들은 악몽이 확장되는 과정을 실시간으로 목도할 수밖에 없었다.

나 역시 친구를 살피는 척 바닥에서 일어나고 있는 흐름을 놓치지 않고 주시하다가, 적당한 때에 두 발을 들어 친구가 조금도 나에게 묻지 않도록 했다. 갑자기 스무 살이 된 기분이 들었다. 뉴욕에 낸 돌려받지 못할 각종 쇼핑 세금을 내 친구라도 이렇게 쓰는구나 하는 생각이 들었다. 심한 구토에 눈이 벌게진 친구가 봉투에서 잠깐 고개를 든 순간 그의 머리에서 멋쟁이 노란색 비니가 미끄러져내리는 아찔한 순간도 있었다. 그때는 나도 모르게 정말 크게 소리를 지를 뻔했다. 지하철 바닥까지는 세금의 영역이지만, 예쁜 비니의 손상은 전혀 다른 차원의 회복이 필요한 영역이기 때문이었다. 비록 내 것이 아니더라도, 예쁜 물건은 항상 더 나은 대우를 받아 마땅하다. 다행히 비니는 바닥에 당도하기 직전 친구 애인의 재빠른 손놀림으로 구제되었다. 지가 사준 거라 그랬는지 평소보다 눈에 띄게 민첩했다.

이윽고 숨막히게 길고 길었던 역과 역을 지나 마침내 급행열차의 문이 열렸을 때, 그제서야 승객들은 매너를 벗어던지고 전속력으로 열차를 빠져나갔다. 우리 셋은 가장 마지막에 열차에서 내렸다. 나는 주머니를 뒤져 아침 겨울바람에 눈물을 닦았던 휴지를 찾아내 친구에게 건넸고, 입을 대강 닦은 친구는 소중한 검정 워커를 더 꼼꼼히 닦는 젠더 표현을 그 와중에도 잊지 않았다.

아주 가혹한 테스트를 통과한 느낌이 들었다. 일종의 성인식인지도 몰랐다. 친구와 애인에게 이 일은 동성애라든가 파트너십 같은 고상한 말로 설명될 수 있을지 모르겠지만, 나에게는 인성과 우정, 그리고 위생을 시험받고 도전받는 긴 터널을 견뎌내는 시간이었다.

역사 밖을 나온 친구는 어김없이 바로 담배를 꺼내 물었고,

나는 언제나처럼 그에게서 최대한 멀어지며, 증맬 지독한 놈이라
고 생각했다. 담배를 피우는 놈들은 꼭 항상 저런 면들을 가지고
있었다. 그렇게 만천하에 내장을 다 까뒤집고도 담배를 끝까지 입
에 물어대는 고집, 끈기, 혹은 지롤…… 비행기 탑승시간이 임박
했다는데도, 끝까지 전화로 면세점 담배 가격을 샅샅이 물었던 친
구는 여기서도 변치 않는 모습을 보여주고 있었다.

　역에서 집으로 걸어오는 길, 지하철 바닥에 자신의 바닥도
어느 정도 많이 내려놓고 온 친구는 어느 때보다 한결 가벼워 보였
다. 그런 친구에게 나는 어젯밤 너에 대한 어떤 얘기도 책에 써도
된다고 한 걸 기억하냐 물었다.

● ○

중닭 서커스

알렉산더 칼더를 싫어할 수도 있을까.

그의 모빌 작업을 처음 마주했을 때 나는 그런 생각을 했다.

조각 요소의 위치와 관계가 빛과 공간, 공기의 흐름을 만나 끊임없이 새로운 이야기와 그림자를 만들어가는 그의 작품은 뭐랄까, 그냥 멈추게 한다. 그 순간만은 다른 중요한 게 정말로 없는 기분이 들게 한다. 그의 그 유명한 움직이는 조각 작품을 처음 맞닥뜨렸던 순간, 그 강렬하고 즉각적인 쾌감이 신념과 가치관, 문화적 배경 기타 등등 무엇이든 가볍게 얼버무려내며 시각을 향해 전속력으로 달려들어온다고 나는 감각했다. 작가가 뭣 때문에 이런 걸 만들었는지 전혀 알고 싶지 않을 정도의 꼼짝 못 할 아름다움이었다. 보자마자 이미 너무 황홀해서, 그 순간을 누리는 것만도 너무 벅차고 아까워서, 잡다한 설명이나 뒷얘기 같은 것이 나와 작품 사이에 끼어들어오지 않았으면 하는 마음이 들었다.

그때 이후 나는 그의 작품을 만날 때마다, 이 핑계 저 핑계를 대며 작품이나 전시에 덧붙여진 갖가지 수사와 설명을 어떻게든 무시하고 읽지 않으려 애써왔다. 세상에는 가능한 한 가장 무식한 상태에서 즐기고 싶은 작품이란 게 있는 것이다. 그 배경에 어떤 세상도 맥락도, 심지어 삶까지도 없기를 바라게 만드는 작품, 그런 거짓말을 믿고 싶게 하는 작품들은 관객이 그만큼 위험하고 아슬아슬한 흠모를 이어가게 한다. 어떤 경우에도 이 작품을 향한 마음을 멈추지 않고 싶어지기 때문이다.

그런 맥락에서 나는 알렉산더 칼더가 자주 얄밉다고 느꼈다. 칼더가 나한테 아무리 진상짓을 해도, 그의 작품 앞에서 "근데 이 새끼가"라고 입을 떼기는 진짜 쉽지 않을 것 같았다. 분노에 차 씩씩거리는 상황에서도 이렇게 느리고 아름답게 부유하는 모빌 앞에 서면, 그의 변명을 듣기도 전에 "하! 그래, 사정이 있었겠지!"라고 지레 넘어가버릴 것만 같다.

하지만 올해 초, 뉴욕 현대 미술관에서 오랜만에 그의 모빌 몇 개를 다시 보면서는 맘 한구석이 조금 편안해졌다. 그의 작품이 전 세계 곳곳에서 아트상품으로든 원작으로든 워낙 많이 유통되다보니, 확실히 전보다는 내가 느끼는 자극이 뭉툭했다. 특유의 독보적인 아름다움은 여전했지만, 이제 그와 그의 작품의 맥락을 살펴보고 판단해볼 수 있을 것 같은 여유가 생긴 것 같았다. 더이상 시각적 쾌감의 노예로 살지 않을 수 있을 것만 같았다.

그러다 며칠 후 별생각 없이 들른 뉴욕 휘트니 미술관에서, 〈알렉산더 칼더의 서커스Calder's Circus〉라는 작품을 보고, 나는 전과 조금 다른 의미에서 다시금 그의 작품과의 거리 조절에 완전히 실패하고 말았다. 미술관에서는 1926년부터 1931년 사이에 칼더가 직접 인형과 소품, 악기들을 제작하고, 스스로 변사 역할까지하며 공연했던 서커스 인형극 아카이브를 전시하고 있었는데, 이게 너무 요물이었다.

쉽게 구할 수 있는 재료로 얼렁뚱땅 어설프게 만든 것처럼 보이는 서커스 단원 인형들과 소품들은, 칼더의 손을 통해 그야말로 '적당한' 기계적 움직임을 보여주는 인간적 매력을 담뿍 가지고 있었다. 스프링이나 줄 당김, 지렛대 원리 등을 이용한 간단한 기능이 동작으로 연결되도록 계산되어 있으면서도, 그 인형들을 움직이게 하는 작가의 손과 웅크린 몸을 전혀 숨기지 않아, 그는

〈칼더의 조련〉

나는 자기보다 몇 배는 작은, 손바닥만한 수제 인형들을 땀을 뻘뻘 흘리며 조작하던 알렉산더 칼더의 모습을 잊을 수 없을 거라고 생각했다.

이 우스꽝스러우면서도 정교한 인형극을 만든 위대한 마스터로도, 또 오덕스럽게 자신이 만든 세계에 흠뻑 빠져 있는 약간 멀리하고 싶은 동네 영감님으로도 보였다.

알렉산더 칼더의 작업을 공부하지 않았던 나는, 그렇게 깔끔하게 마감된 세련된 모빌을 만드는 그에게 이런 면이 있을 거라고는 상상하지 못했다. 그것은 칼더 같은 작가에게서 전혀 기대하지 않았던 완연한 중닭의 아름다움이었다. 그래서 그 작품은 더 충격적으로 신선했고, 그의 위대한 모빌 작품의 시각적 쾌감과 별개로 칼더 영감 자체에 그놈의 정 비슷한 걸 느끼게 만들었다.

나는 자기보다 몇 배는 작은, 손바닥만한 수제 인형들을 땀을 뻘뻘 흘리며 조작하던 알렉산더 칼더의 모습을 잊을 수 없을 거라고 생각했다. 각 인형마다 세심하게 녹아 있던 움직임의 이야기와 그의 신나버린 주름진 통통 손, 집요하게 자기 세계를 완성해내는 몰두의 에너지, 그러나 여전히 극 전체에 흐르는 어설프고 너덜너덜한 분위기, 그 모든 것이 합쳐져 만들어내는 어설픈 삐걱거림, 거부할 수 없는 나사 빠진 아름다움…… 그렇다. 나는 약간 망했다.

그저 칼더가 웬만한 그 시대 아트 마스터들이 했을 만한 대중적 나쁜 짓 외에 크게 뭘 안 하고 살았기를 진심으로 바라며, 여전히 그에 대해 알고 싶지만 깊이 알고 싶지 않은 마음을 가득 안고 미술관을 나섰다.

그리고 나도 저런 거 하고 싶다고 생각한다. 그게 뭔지는 아직 정확히 모르겠지만.

● ○

얼굴은 화악 피는 치익

그와 대단치도 않은 짧은 대화를 나누는데도, 얼굴은 뜨거워지고 피는 식는 듯한, 참으로 견디기 힘든 기분을 느꼈다. 단순히 예의가 없거나 문화나 의견이 다른 문제 이전의, 훨씬 깊게 찔러오는 무언가가 그에게는 뿜어져나오고 있었다.

나는 부디 이것이 그냥 '성격 차이' 같은 것이면 좋겠다고 생각했다. 내가 아는 크고 대단한 사건의 이름이 붙는 일이 아니기를 진심으로 바랐다. 하지만 화끈거리는 얼굴과 치익 소리가 나도록 차가워지는 피가 벌써 말해주고 있었다. 이것은 처음 겪는 일이 아니라고, 이 얼굴은 처음 보는 얼굴이 아니라고. 집에서도 학교에서도, 또 각종 퀴어 행사에 존재를 반대하러 나왔다는 이들의 얼굴에서도, 나는 몇 번씩이나 그걸 본 적이 있다. 그리고 그것은 지금 옆방 하우스메이트의 하얀 얼굴에도 선명히 있다. 새로운 일은 아니었던 거다.

근원을 알아낸 듯한, 그래서 뭔가 해결이라도 된 듯한 착각이 들어 조금 맥이 풀렸다. 그냥 내가 아는 그거였다. 하지만 동시에 이 느낌에 한동안 사로잡힐 것을 예감한다. 이상하게도 그런 대면 후에는 바로 잊고 싶은 마음과는 별개로, 도돌이표처럼 자꾸 다시 보고 싶지 않은 그 얼굴들을 눈앞에 띄워보고 또 띄워보고 하게 되곤 했다. 그 짓을 한동안 멈출 수 없는 것까지가 그 얼굴들의 기능인 것 같았다. 여기까지 생각하고 나니, 오늘 나의 이 신체를, 이 감정을 '우울'이라는 두 글자로 이름 붙이고 얇게 치워버리기에는 너무도 억울해진다. 이것은 그냥 우울이 아니다. 절대로 우울이라 이름 붙이게 두지 않겠다. 이것은 훨씬, 훨씬 더 두꺼운 일이다.

어느 순간 점점 코와 귀가 막히기 시작했다. 길어지고 있는 여행과 불편한 잠자리, 여행 전부터 이어진 일들, 예정된 강의 등 비염이 심해지지 않을 이유는 정말 하나도 없었지만, 입을 제외한

숨구멍이 완전히 막혔다고 느끼게 된 건 협업 공연의 마지막 연습을 마치고 집으로 돌아온 날 밤이었다.

나는 체류비를 최소화하기 위해 한 달 동안 빈방을 빌려 접이식 매트리스 하나만을 덩그러니 두고 생활하고 있었고, 주로 공용 거실의 소파에 앉아 일기를 쓰고 하루를 정리하곤 했다. 하지만 그날 밤 지친 몸으로 도착한 거실에는 소파가 없었다. 다만 소파가 있던 자리에는 하우스메이트의 식물 화분들이 빈틈없이 채워져 있었다. 마치 원래 처음부터 내가 앉을 자리 같은 것은 없었던 것처럼. 그리고 그 광경을 발견하는 내 모습을 관람하는 그가 있었다. 그 의기양양한 얼굴에 비친 선명한 악의에 나는 깊은 곳의 무언가가 끊어지는 듯한 느낌을 받았다. 지금 이곳에서 남은 2주를 버텨낸다면, 나는 한국에 돌아가 너무 많은 약을 먹게 될 것을 직감했다.

친구 커플이 자신의 집 거실 소파를 선뜻 잠자리로 내주었다. 관광비자로 이렇게 혹독한 상황까지 겪기는 쉽지 않다며 이 말도 안 되는 고통을 경이로워했다.

그리고 그날 밤 드디어 공황이 왔다.

나는 일단 무척 잠을 자고 싶었다. 낯선 도시에서 겨우 얻어

낸 감사한 잠자리였지만, 나는 이렇게 개방된 공간에서 쉽게 잠드는 사람이 아니었다. 하지만 어쨌든 잠을 자기 위해 외부 자극을 최소화했다. 두꺼운 수면안대를 끼고 귀를 꾹 막는 귀마개도 꼈다. 심한 비염으로 코가 전혀 숨을 쉴 수 없는 상태에서 눈과 귀까지 막히자, 순식간에 불안으로 온몸이 떨리기 시작했다. 몸과 외부 세상을 연결하는 모든 구멍이 하나씩 닫히고 있는 느낌이 들었다. 이 감각을 오롯이 혼자 느끼고 있다는 것이 두려웠다. 내가 원하는 것은 아주 단순했다. 잠을 자고 싶었고 숨을 쉬고 싶었다. 하지만 그 기본적인 것이 되지 않자 모든 기본 개념과 상식이 흔들리기 시작했다. 이를테면, 나는 내가 이대로 숨쉬는 법을 잊어서 내가 내 숨통을 막아 죽을 것이라는 공포에 휩싸였다. 세상과의 모든 연결고리를 닫은 채 세상을 잊고 깊이깊이 동면하고 싶으면서도, 내 모든 구멍을 열어 세상과 지독히 연결된 상태이고 싶었다.

스스로 너무 미쳤다는 수치심을 이겨내며 친구 커플을 깨웠다. 한국 친구에게 영상통화도 걸었다. 하지만 나는 여전히 내가 나에게 완전히 갇혔다고 생각했다. 딱 내 몸 하나만 들어갈 수 있는 진공 유리관에 들어가버린 것 같았다. 여전히 친구들이 보이고 그들도 나를 볼 수 있지만, 그들은 나를, 나는 그들을 느낄 수 없는 것 같았다. 나는 이렇게 투명하고 적나라하게 죽어가는 듯했다.

모두가 이 자리에 나를 도우러 와주었지만, 나는 결국 스스로 외부와 연결된 구멍들을 하나씩 닫아 죽음을 향해 가고 있는 것이 분명했다. 이것은 내가 아주 오래도록 두려워한 형태의 '끝'인 것 같았다. 모두가 곁에 있음에도 완전히 혼자 남겨지는 것. 그 누구도 아닌 내 손으로 혼자 미쳐서 혹은 너무 완벽히 미친 나머지 신체 기관을 모두 통제하여 세상으로부터 나를 닫아내어 스스로를 목 졸라 죽이는 것.

화면 속 친구가 계속 질문을 해주었다. 내가 내 숨에, 숨막힘에 집중하지 않도록 지금 있는 곳의 벽지 색깔, 바닥의 느낌, 내가 입은 옷의 색깔과 질감 그런 것을 계속 물어봐주었다. 어느 순간 바닥에 떨어져 있던 초록 하나가 눈에 들어왔다. 친구가 키우는 화분에서 떨어진 잎사귀였다. 허리를 숙여 짙은 초록색의 가짜 같은 윤기를 가진 도톰하고 손톱만한 잎을 주웠다.

잎을 주웠어. 매끄러워. 가운데를 쪼개니까 풀냄새가 나.

나는 스마트폰의 두껍고 투명한 스크린에 크롭되어 나오는 친구에게 말했다. 아주 조금 진정되는 느낌이 들었다.

〈화악 치익〉

제발 제 손 좀 잡아주세요, 잠시만 제 손을 잡아주세요.
안아달라는 말을 하고 싶었지만 차마 입이 떨어지지 않았다.
아직도 정상인 행세를 하려던 내가 겨우 건넨 말,
제발 내 손을 잡아주십시오.

그 일은 3년 전 쉼터에서의 그 밤과 비슷했다. 나는 다음날 쉼터를 떠나기로 되어 있었고, 마침 아무도 없는 텅 빈 방안에서 며칠 만에 처음으로 TV를 틀어 아무렇게나 채널을 돌리고 있었다. 그러다 나는 아마 갑자기 세상이 너무 가까이 온다고 느꼈던 것 같다. 자발적으로 선택했던 단절이 내일이면 다시 복구되어 그다지 변하지 않았을 세상으로 또다시 돌아가게 된다는 사실이 피부로 전해지는 듯했다.

TV 속 사람들의 말소리와 배경, 그런 것들이 눈앞에 세상을 펼쳐냈고, 그 세상은 나를 압도하여 목을 졸라왔다. 나는 겨우 몸을 일으켜 미친듯이 뛰는 심장을 잡고 겨우 방을 빠져나왔다. 그리고 잠시 후 복도를 지나던 처음 보는 상근자 선생님을 붙잡았다.

제발 제 손 좀 잡아주세요, 잠시만 제 손을 잡아주세요.

안아달라는 말을 하고 싶었지만 차마 입이 떨어지지 않았다. 아직도 정상인 행세를 하려던 내가 겨우 건넨 말, 제발 내 손을 잡아주십시오.

나는 뉴욕의 그날 밤에도 친구에게 손을 잡아달라 했다. 그렇게 미쳐버린 순간에도 나는 안아달라는 말을 하지 못했다. 완연한 공황 속에서도 마치 그 정도로 미친 것은 아닌 척, 손을 잡아달라는 말 정도만 할 수 있었다. 그런 순간에도 공황이 와버린 나를, 확연히 정상성을 잃어가는 나 자신을 깊이깊이 혐오하고 있었다. 얼마 안 남은 에너지를 짜내고 짜내어 정상인의 얼굴과 말을 하려 애쓰고 있었다. 그런 노력은 그 순간 나를 살렸을까, 혹은 나의 일부를 완전히 죽게 했을까.

●○

부스터샷

뉴욕에 있는 동안 코로나 신종 변이가 또 한번 뉴스를 강타했다. 사람을 많이 만나는 직업을 가진 친구들은 이미 부스터샷까지 접종을 마쳤다고 했다. 그리고 나도 지금 당장 부스터샷을 예약해서 맞아버리라고 했다. 덩달아 갑자기 마음이 급해졌다.

접종 가능한 곳을 뒤지다가 오늘 오후 3시 반. 그러니까 관광객으로서는 방향성을 가지고 움직이기 가장 애매한 시간에 한 약국에서 가장 빠른 접종이 가능하다는 걸 알게 되었다. 아주 먼 지역은 아니어도 관광객 특유의 안일함과 어리둥절을 고려하면 결국 점심을 먹고 거길 가는 것으로 하루 일정은 끝나게 될 것이었다.

하지만 지금 시기의 관광객에게 이보다 중요한 일은 없는 듯했다.

되도록 드러운 지하철을 안 타려고 노력한 끝에 뉴욕 애들은 절대 안 탄다는 버스를 타고 쭈물쭈물 약국에 도착할 수 있었다. 약사는 컴퓨터에 예약 내역이 안 나오는데 오늘 예약이 맞는지 등을 묻다가, 확신에 찬 나의 태도에 자기네 시스템상 업데이트가 늦을 수 있다는 얘기를 하며 언제 마지막으로 백신을 맞았는지 물어왔다.

나는 자신 있게 8월, 악토버라고 했다. 그는 악토버에 맞았는데 벌써 부스터샷을 맞으러 왔느냐며 의아해했다. 나는 한국에서 비교적 일찍 백신을 맞은 내가 지금 부스터샷을 맞을 자격이 없을 리 없다고 생각했다. 내가 웬만한 사람보다 충분히 빨리 백신을 맞았으며, 지금 못 맞을 이유가 전혀 없다고 짐짓 불합리해지려고 하는 상황에 생명을 건 주장을 약사에게 펼쳤다.

조금 당황한 그는 나에게 지난 접종 내역이 있는 증명서를 가지고 있느냐 물었다. 나는 지금 장난 까나 싶은 마음으로 자신 있게 스마트폰을 꺼내 능숙하게 파일 하나를 클릭, 당당히 그에게 내밀었다. 문서를 본 그는 바로 "응, 어거스트네" 했다.

나의 머저리 같음에 그와 나는 동시에 빵 터졌다. 어거스트

August와 악토버October, 대체 니미 왜 이렇게 닮았는가. 왜 그토록 머릿속에서 하나로 합쳐질 만큼 가까운 회로에 있었는가. 그와 나는 나의 형언할 수 없는 바보짓에 숨막히게 웃었다.

누구도 예상하지 못한 웃음치료가 한참을 이어지고 나서야 그는 겨우 프로페셔널 약사로서 호흡을 가다듬고 어거스트여도 여전히 부스터샷을 맞기는 이르다고 친절히, 그러나 여전히 웃음을 참으며 말해주었다. 마지막 접종 후 6개월이 지나야 맞을 수 있고, 결국 그쯤이면 나의 미국 여행이 끝난 이후였다. 어떻게든 1세계 백신 하나를 축내보려던 나의 계획은 그렇게 물거품이 된 것이다.

친구라는 새끼들은 암것도 모르면서 무조건 나한테 백신을 맞으라 한 것이고, 나 역시 코로나에 대한 두려움에 뭐라도 하나 붙잡으려고 세상 다시없을 기동력을 발휘했던 거다. 약국에서 집까지 오는 길은 멀지 않았지만 교통편이 아주 나쁘게 꼬여 있어 몇 번이나 버스를 반대 방향으로 탔다. 다양한 버스 기사에게 종점 가냐는 추궁을 여러 번 당한 후에야 겨우 집 동네까지 지친 몸을 끌고 올 수 있었다. 집으로 돌아오는, 아주 멀지는 않지만 유독 쓸쓸하고 멍청한 길을 걸어오며, 나는 참 비싼 하루를 보냈다고 생각했다.

〈Margarita Night New York Street〉

집으로 돌아오는,
아주 멀지는 않지만 유독 쓸쓸하고 멍청한 길을 걸어오며,
나는 참 비싼 하루를 보냈다고 생각했다.

● ○

코로나 속 협업 공연 준비

내가 맡은 마지막 냄새를 생각해내려고 기억을 더듬었다. 하우스메이트 스트레스 때문에 충동구매한 비싼 바디로션의 그윽한 아로마향이었나 싶었지만, 그보다 훨씬 더 선명하고 강렬했던 것은 집으로 돌아오는 뉴욕 지하철에서 났던 차고 넘치는 찌린내였다. 그랬다! 찌린내가 존나 났었다!

나는 친구에게 코로나에 걸린 것 같지 않다고 문자를 보냈다. 나는 명실공히 조금 전까지 찌린내를 맡은 사람이었다! 물론 검사는 내일 아침에 바로 받아봐야 했다. 같이 협업 공연을 준비하던 친구 둘이 코로나 확진을 받으면서, 공연자 모두가 밀접 접촉

자가 된 상황이었다. 새삼 내가 진짜 전 세계적인 팬데믹에 여기까지 왔다는 것을 되새기게 되었다. 미국 여기저기에서 공연을 보러 비행기를 타고 날아온다던 팬들을 생각하니, 반드시 모두가 건강하게 공연을 마칠 수 있으면 하는 바람이 신심信心처럼 솟아났다.

아마도 나는 조금 무뎌져 있었다. 마스크를 쓰고 산다는 것이 당연히 편한 일일 수는 없지만, 어떤 의미에서는 마스크만 쓰면 다른 큰 문제 없이 예전처럼 지낼 수 있을 것 같았나보다. 특히 어쩌다 이 시기에 이렇게 해외로 전시를, 공연을 하러 와 있었다. 그렇게 빠르고 새로운 적응을 나도 모르게 해버렸나보다.

하지만 '미국에서 감염자가 된다면'이라는 생각을 하는 것만으로도 너무 여러 가지 문제가 한꺼번에 떠올라 머리가 아파왔다. 외국에서, 다른 데도 아니고 국경에서 발냄새까지 맡는 미국에서 이방인의 신분으로 전염병에 걸린다면! 낫기까지의 과정, 나았음을 증명받는 과정, 속절없이 빠져나갈 갖가지 체류비용, 만날 수 없는 친구들……

다음날 아침, 검사를 마치고 나오는 길에 오늘따라 유난히 따뜻하게 내리쬐는 햇볕에 취해, 길거리 벤치에 툭 앉아보았다. 그리고 생각. 만약 코로나에 걸린다면, 죽음이 눈앞이라면. 그렇다면 얼마 전에 산 분수에 안 맞는 럭셔리 가짜 모피 재킷은 사길 참 잘했다. 사놓고도 택을 못 떼고 쫄아 있는 상태였지만, 이제 뭐 수의로라도 입어야겠다 싶었다. 뒤이어 뉴욕에 와서 산 각종 예쁘고 쓰임새가 거의 없는 것들을 떠올리며 얼마나 훌륭한 결정이었는지를 반추했다. 그렇게 스스로를 드높였다. 다 옳은 결정이었고, 거진 후회 없다고 말해볼 수 있었다.

그럼 이제 검사 결과를 기다리는 하루이틀 동안은 뭘 할 것인가. 뉴욕의 음식 배달 시스템을 전반적으로 두루 점검해줘야겠고, 에라, 글 그림이나 하는 수밖에 없다. 결국 또 예술인가 하면, 숙연하게도 매우 그러하다. 누구에게 빚진 것도 아니건만, 그리거나 쓰지 않는 순간은 뭔가를 놓치고 있는 것만 같다. 결과가 나올 때까지 좀 외로운 기분이 들겠지만, 그래도 그때 생각하자고, 그렇게 억지로 생각을 마무리해본다.

〈대화〉

검사를 마치고 나오는 길에 오늘따라 유난히 따뜻하게 내리쬐는 햇볕에 취해, 길거리 벤치에 툭 앉아
보았다.

〈어긋난〉

누구에게 빚진 것도 아니건만,
그리거나 쓰지 않는 순간은 뭔가를 놓치고 있는 것만 같다.

● ○

고통 기대

첫 책을 낸 후 나의 고통을 대놓고 고대하는 이들이 주변에 생겼다. 그들은 내가 겪는 일련의 힘든 상황들에 한껏 공감해주면서도, 언제부턴가 그 끝에는 "그래, 잘될 거야, 괜찮아질 거야" 같은 뻔한 말 대신에 "이거 책에 쓰면 되겠다"는 말을 위로처럼 덧붙였다.

고맙게도 첫 책을 좋아해주었던 주변 친구들은 내가 토론토와 뉴욕 여행을 거치면서 겪고 말 고통들에 미리 입맛을 다셨다. 그들에게 나의 고통은 어차피 글로 안전하게 음미할 것이어서, 되도록 자극적이기를 은근히 바라는 눈치였다. '결국 너도 네가 좋은 글을 쓰는 게 좋지 않냐'는 식의 빠른 정당화를 통해 그 탐욕스러운 민낯을 숨기려 하지도 않았다.

　편집자 역시 내가 앞으로 예측되는 어려움을 토로할 때면 입꼬리를 씰룩거리며 꿈을 꾸듯 먼 곳을 비라보았나. 그는 내 고통자체를 보려 하지 않았고, 내 고통이 글이 되고 책으로 만져질 그순간만을 눈앞에 그리고 있었다. 그러고 있는 것을 숨기려고 하지도 않았다.

　그리고 그와 비슷한 이들이 어느새 내 주변에 조금씩 세를 늘려가고 있는 듯 보인다. 씹쎄끼들.

렛 미 탱탱

"이게 얼마 만에 하는 스키 여행인 줄 알아요? 지금 친구들은 다 가서 기다리고 있다고요!"

그는 항공사 직원에게 안타까운 사정을 토로하고 있었다.

"그냥 저 좀 들여보내주면 안 돼요?Why don't you just **let me in**?"

렛 미 인. 그가 뱉은 다채로운 사정 중에 유독 저 단어 세 개가 귀를 뚫고 들어온다. 백신도 안 맞았고 코로나 검사 결과도 없지만 지금 당장 비행기를 타야 하는 그의 얼굴은 누가 봐도 세상 희고 딱했다. 백신 증명서와 코로나 검사지, 고국행 비행기 티켓마저 손에 쥐어 있던 내겐 차마 그런 말이 떠오르지 않았다. 특히 다

284

른 곳도 아니고 공항에서 그런 말을 하는 것은 상상도 해본 적이
없었다.

그는 탑승을 거절당했고, 나는 코로나 검사지를 다시 프린트
하라는 항공사 직원과 씨름하다 결국 비행기를 놓쳤다. 방금 게이
트가 닫혔다는 말도 안 되는 말에 넋이 나간 나는 한동안 아무 말
도 할 수 없었지만, 그는 비행기가 떠난 후에도 한참이나 렛 미 인
타령을 멈추지 않았다.

그냥 날 좀 들여보내줘요, 렛 미 인. 나는 좀 꺼줘요, 렛 미 인.

긴 여행에 불어날 대로 불어난 짐들을 황망히 끌고 밀며 다시
한번 데자뷰 같은 6달러짜리 똑똑한 카트smart cart 앞에 서자, 저멀
리서부터 희지 않은 낯선 남자 하나가 전속력으로 뛰어와 말하길,
"6달러 나한테 줘. 내가 옮겨줄게."
그렇게 세상 더 똑똑한 카트의 인도로 나는 다시 공항 밖으
로 나온다. 해도 안 뜬 새벽부터 일어나 다시없을 뜨거운 작별을
나누었던 친구네 집으로 물색없이 되돌아간다. 무슨 일이 일어난
건지 아직 실감이 잘 나지 않는다. 너덜너덜한 상태로 집에 도착하
자 친구 커플은 생각보다 놀라지 않고 나를 맞아준다. 어버버하고

있는 나 대신 말발 좋은 친구의 파트너가 항공사에 전화를 걸어 마이 굿 프렌드 소윤 킴에게 일어난 부당한 일을 능숙한 이민자 영어로 설명한다. 끝끝내 비행기 티켓을 새로 받아낸다. 나는 갑자기 일주일을 더 머물게 된다. 공항에 갇힌 이들의 얘기가 이제야 떠오른다. 쓰벌, 그게 나일 수 있다고 왜 생각 못 했을까.

렛 미 인이라. 어렵지 않은 단어 세 개를 어쩐지 자꾸만 되뇌어본다. 하지만 껴달라는 말은 껴줄 여지가 조금이라도 있을 때 꺼낼 수 있다. 통했던 경험이 있어야 애걸복걸도 선택지로 떠오른다. 차갑게 내려진 셔터 앞에서 나도 들여보내줘요, 나도 껴줘요, 같은 말이 그렇게 쉽게 나올 리 없다. 셔터는 가장 생각지 못한 순간에 닫히기 때문이다. 있었는지도 모르다가 눈앞에서 통로가 닫혔을 때에야 비로소 개폐식 문이 거기 있었단 걸 깨닫게 된다.

일곱 밤이 지나 다시 한번 작별 인사를 할 때가 되자 친구 커플과 나는 모두 한 김 식어 있었다. 저번 주만큼의 뜨거운 안녕은 불가능하며, 반복된 이별에 적잖이 시큰둥해진 상태였다. 친구의 파트너가 미적거리며 인사를 건넨다.

"그래, 잘 가고."

나 역시 지친 얼굴로 영혼 없이 답한다.

"어차피 한 시간 있다가 또 돌아올 거 알잖아."

셋이서 세상 바보같이 낄낄거리며 웃는다. 나는 보내고 또 보내도 계속 튕겨 돌아오는 탱탱볼 흉내를 낸다.

이륙 직전, 이번에는 짐도 잘 부치고 비행기도 문제없이 탔다고 문자를 돌린다. 축하한다는 문자메시지가 연이어 돌아온다. 창밖으로 떠오르는 해를 보며, 아주 오래전에 본 영화를 떠올린다.

속하지 못한 자가 속하기 위해 했던 말, 렛 미 인.

끝없이 불안정하게 흔들리는 삶 속에서 잠시라도 머물 곳을 찾기 위해 하는 말, 렛 미 인.

다음에는 나도 렛 미 인, 같은 말을 쉽게 할 수 있을까.

그건 모르겠지만, 아무리 멀리 던져버려도 악몽처럼 되돌아오는 탱탱볼 정도는 되어줄 수 있지 않을까 하는 생각이 들었다.

어디에 부딪치든 딱 그만큼 탱탱하게 튕겨올라와 자꾸만 거슬리게 하는 작고 꽉 찬 싸구려 형광색 공. 그래, 굳이 말하자면 나는 이쪽이다.

〈나〉

그냥 날 좀 들여보내줘요, 렛 미 인. 나는 좀 껴줘요, 렛 미 인.
속하지 못한 자가 속하기 위해 했던 말, 렛 미 인.
끝없이 불안정하게 흔들리는 삶 속에서
잠시라도 머물 곳을 찾기 위해 하는 말, 렛 미 인.

에필로그

메인스트림에 대해 많이 생각하게 된 한 해였다. 소수자성이 메인스트림에서 유통되고 소화된다는 것의 진짜 의미가 무엇인지, 그러니까 그 안에서 내가 무엇을 버텨내야 하는지에 대해서 말이다. 번듯함, 경력, 이름값을 얻는다는 것, 그것이 허락하는 달콤함, 하지만 여전히 너무 같거나 달라서는 안 되는 위태로운 생존 방식, 따뜻하고 상냥한 혐오에 계속해서 찔리게 되는 나의 맨살 같은 것.

앞으로도 계속 웃기게 될 것이다. 그것이 이 삶의 근본이고 라이프스타일이며 젠더이고 섹슈얼리티이자 커뮤니티이다.

나는 왜 이렇게 웃긴가

ⓒ이반지하 2023

1판 1쇄	2023년 5월 17일
1판 2쇄	2023년 5월 24일

지은이	이반지하
편집인	이연실

기획·책임편집	이연실
편집	엄현숙
디자인	백주영
마케팅	정민호 이숙재 박치우 한민아 이민경 정경주 정유선 박진희 김수인
브랜딩	함유지 함근아 김희숙 고보미 박민재 정승민
제작	강신은 김동욱 임현식
제작처	영신사

펴낸곳	(주)문학동네
펴낸이	김소영
출판등록	1993년 10월 22일 제2003-000045호
임프린트	이야기장수

주소	10881 경기도 파주시 회동길 210
문의전화	031) 955-2689(마케팅) 031) 955-2651(편집)
팩스	031) 955-8855
전자우편	pro@munhak.com
문학동네카페	http://cafe.naver.com/mhdn
북클럽문학동네	http://bookclubmunhak.com
문학동네	인스타그램 트위터 @munhakdongne
이야기장수	인스타그램 @promunhak

ISBN	978-89-546-9296-0 03810

www.munhak.com